I0785176

NIE WSZYSTKO JEST TAKIE, JAK NAM SIĘ WYDAJE

Katarzyna Nowocin-Kowalczyk

NIE WSZYSTKO JEST TAKIE, JAK NAM SIĘ WYDAJE

Bajki dla dorosłych życiem pisane

Numer ISBN 979-8-9859777-3-8

Tytuł oryginalny: Nie wszystko jest takie, jak nam się wydaje
Autor: Katarzyna Nowocin-Kowalczyk

Ilustracje Marek Szczęsny
Projekt okładki: Kay Umland

Pierwszy druk 2022

Wydała Katarzyna Nowocin-Kowalczyk
knowocin.kowalczyk@gmail.com

Dla moich dzieci i mojej mamy

Od autora

Kiedy wsłuchasz się w Ciszę, słyszysz, że ta Cisza mówi. I oto nagle wiatr, woda, ptak, drzewo, kwiat, a nawet lustro czy też ławka w parku opowiadają Ci swoją historię.

Kiedy wsłuchasz się w Ciszę słyszysz siebie. Szept swojej duszy. Odkrywasz Nowy Świat. Nowe lądy. Nowe porty. Odkrywasz to, co nieznane. To, co ukryte przed światem materii. To, czego oczy nie widzą. Doświadczasz fascynującej podróży w głąb siebie. Niesamowitej, kosmicznej podróży w głąb Wszechświata. Bo Twoja dusza jest Wszechświatem.

I wtedy rozumiesz, że wszystko jest Jednym. Wszystko wzajemnie się przeplata. Jedno jest odbiciem drugiego. Jedno symbolizuje drugie, choć z pozoru bardzo odległe. Oczy duszy widzą więcej. I wtedy rozumiesz, że to, co widzisz ziemskimi oczami, to tylko iluzja kina. Rozumiesz, że Nic nie jest takie, jakim z pozoru wydaje się być.

-Katarzyna Nowocin-Kowalczyk

Matrix

Śpię, czy już nie śpię
Czy Sen Jawą jest
Czy Jawa to Sen
Co Prawdą, co Snem
Czy Sen Ułudą
Czy gdy się budzę
Właśnie zasypiam
Śpię, czy już nie śpię
Czy Jawa Snem
Czy czyjąś Grą
A Ja Postacią
Wierząc, że to Ja
Lecz wszak nie Ja
We Śnie Wolność jest
Latam wysoko
I więcej widzę
I robię, co chcę
Bez Bólu i Łez
Dwa światy a Jeden
Świat Prawdy i Snu
Lecz czy Sen to Sen
Co Prawdą, co Snem
I czy Ja, to Ja
-Katarzyna Nowocin-Kowalczyk

Spis Treści

Nie wszystko jest takie jak nam się wydaje....................1

Anioły....................15

Wolność 25

Przechodzień 43

Mały gest 61

Jeden Dzień 65

Drzewo....................71

Dwa lustra....................75

Szklanka z wodą 77

Przyjaciel 81

Powrót do domu 85

Lekarstwo 87

Świat się zatrzymał 91

Tęcza....................97

Nie jesteś sama 103

Strażnik Czasu 111

Ławka w parku 123

Roślinka....................129

Żółw....................137

Kwiat....................143

Anioły I Demony....................147

Podziękowanie....................167

Nie wszystko jest takie jak nam się wydaje

Ekskluzywny hotel w Beverly Hills. Przyjaciel zaprosił mnie na zamknięty koncert pewnego znanego artysty. Umówiliśmy się wcześniej, aby zjeść obiad i porozmawiać. A wspólnych, intersujących tematów nigdy nam nie brakuje. Siedzimy przy stoliku i przy dźwiękach łagodnej muzyki na żywo ze stojącego nieopodal fortepianu, delektujemy się naprawdę dobrą kawą. W pewnym momencie Przyjaciel otrzymuje ważny telefon od partnera biznesowego, który właśnie przyleciał z Londynu i zatrzymał się w tymże samym hotelu. Przyjaciel przeprasza i na chwilę wychodzi do lobby, aby się z nim przywitać. Uprzedzał mnie wcześniej, że taka sytuacja może się zdarzyć, więc przyjmuję to z wyrozumiałością.

Przy stoliku obok, również przy filiżance kawy, siedzi atrakcyjna, zadbana kobieta o azjatyckich rysach. Może mieć około czterdziestu paru lat. Wygląda, jakby na kogoś lub na coś czekała. Widać, że jest nieco spięta. Nasze spojrzenia się krzyżują. Wymieniamy uśmiechy.

- Masz bardzo piękny akcent — zagaduje po angielsku z kalifornijskim akcentem. Jej głos jej przyjemny w brzmieniu, zaś sposób mówienia oraz gestykulacja wskazują na osobę z wykształceniem i manierami. - I love it. Czy mogę zapytać skąd jesteś?

- Jestem Polką.

- Naprawdę? Słyszałam, że Polska to piękny kraj. Dwa lata temu, razem z moim chłopakiem byliśmy w Europie. Zwiedziliśmy kilka krajów, ale do Polski nie dotarliśmy, chociaż mieliśmy w planach. Zabrakło nam czasu. Byliśmy za to w czeskiej Pradze. Ależ tam jest pięknie.

Amerykanom często się wydaje, że jak już dotarli do czeskiej Pragi, to znaczy, że znają Europę środkowo-wschodnią. Opowiadają o Hradczanach, zamku, Moście Karola, starówce, Wzgórzu Wyszehradzkim, pysznych knedliczkach i wybornym piwie. Czesi rzeczywiście świetnie potrafią się sprzedać... A ja, nader często, nie mogę się oprzeć, by nie powiedzieć, że Praga nie była zniszczona podczas drugiej wojny światowej, tak jak np. Warszawa i - w zależności od sytuacji oraz rozmówcy, - zaczynam swoje krótsze lub dłuższe opowieści o pięknej Polsce i jej trudnej, aczkolwiek bardzo interesującej historii.

Przez chwilę rozmawiamy o Europie i miejscach, które odwiedziła. Oczywiście zapraszam ją do Polski i jak to zwykle w podobnych momentach, przez chwilę staję się ambasadorką naszego kraju. Moja rozmówczyni rzeczywiście okazuje się być wykształconą kobietą. Zdradza mi, że chociaż skończyła na prestiżowym uniwersytecie historię sztuki, która wciąż jest jej pasją, to jednak zajmuje się zupełnie czym innym. Razem ze swoim chłopakiem prowadzą elegancką restaurację i właśnie planują otwarcie następnej. Sama z wykształcenia jestem kulturoznawcą, a mój pierwszy dyplom był właśnie z zarządzania hotelami i restauracjami, więc bardzo szybko nawiązuje się między nami nić porozumienia. Zapraszam kobietę do swojego stolika. Zatapiamy się w rozmowie, a muza Klio roztacza nad nami swoje opiekuńcze skrzydła. Jesteśmy tak pochłonięte sobą i swoimi tematami, że nie zauważamy, kiedy przy stoliku pojawia się mój Przyjaciel. Zaczynamy się śmiać, kiedy tak nagle wyrasta obok nas, jakby spod ziemi.

Przedstawiam ich sobie. Kobieta wstaje i taktownie chce wrócić do swojego stolika. Zapraszamy ją, aby jednak została. Mamy jeszcze trochę czasu do rozpoczęcia koncertu. Przyjaciel zamawia butelkę dobrego kalifornijskiego Cabernet. Mimo interesującej konwersacji, naszej uwadze nie uchodzi fakt, że nowa Znajoma, choć bardzo stara się nad tym zapanować, cały czas jest jakby czymś podekscytowana, a równocześnie nieco rozkojarzona i spięta. W końcu mówię:

- Przepraszam, że pytam, ale czy coś się stało? Wyglądasz jakbyś czekała na coś, czego się obawiasz.

Zdziwione spojrzenie i chwila milczenia. Na jej twarzy widać zastanowienie – powiedzieć, wyrzucić to z siebie, czy nie? - Jakby nie było, jesteśmy obcymi dla niej ludźmi. Ale przecież nie od dziś wiadomo, że najłatwiej wygadać się właśnie przed obcymi. Obcy nie oceniają, a na sercu robi się lżej. Tym bardziej, że może nigdy więcej się nie spotkamy. Kobieta sięga po pękaty kieliszek i wypija łyk czerwonego trunku. Jakby chciała zyskać na czasie.

- Naprawdę dobre to wino. Czuć w nim nasze kalifornijskie słońce i ziemię. – po czym patrząc mi prosto w oczy mówi poważnie, aczkolwiek z delikatnym uśmiechem - Dobrze czytasz ludzi. Od początku wiedziałam, że jesteś niezłym obserwatorem.

Teraz ja się uśmiecham.

- Powiedzmy, że trochę znam ludzką naturę.

- Tak. Rzeczywiście na coś czekam. Na spotkanie. I trochę się go obawiam.

- Chciałabyś nam o tym opowiedzieć?

- Jeśli chcecie posłuchać, to chyba tak. Chyba muszę to z siebie wyrzucić. Myślę o tym od wczoraj, ale tak naprawdę to całe życie. Wciąż mam mętlik w głowie...

- Mów. Chętnie posłuchamy – mówi łagodnie mój Przyjaciel, którego jedną z wielu zalet jest właśnie empatia.

Znajoma ponownie sięga po kieliszek. Tym razem, wgląda, jakby zbierała myśli. Dajemy jej czas. Jeśli coś męczy całe życie, to znaczy, że boli, że jest to coś trudnego i nie jest łatwo o tym mówić.

- Urodziłam się w Chinach. Mieszkałam tam w domu dziecka. Zostałam adoptowana, przez moich obecnych rodziców, kiedy miałam siedem lat. Wsadzono mnie samą do samolotu i kazano lecieć do nieznanego kraju i obcych ludzi... Pamiętam, że bardzo się bałam. Płakałam. Nie chciałam tu przyjeżdżać. Chociaż w domu dziecka było koszmarnie. Rygor, strach i samotność. I często głód... Kary za najmniejsze nawet przewinienie... Moich rodziców adopcyjnych, pierwszy raz zobaczyłam na lotnisku LAX... Pierwszy raz, ktoś mnie tak mocno przytulił... i pocałował... Z biegiem czasu, ten obcy kraj stał się moim krajem, a obcy ludzie najlepszymi rodzicami, jakich mogłam sobie wymarzyć...

W oczach kobiety pojawiają się łzy. W moich zresztą również. Tym razem obydwie sięgamy po wino...

- Jak to się stało, że trafiłaś do domu dziecka? Co z Twoimi biologicznymi rodzicami? - pytam

- Całe życie zadawałam sobie to pytanie. Nie było dnia, abym o tym nie myślała. Złe myśli. Pytałam, - co ze mną było nie tak, że mnie nie chcieli? Dlaczego mnie nie kochali? - Oddano mnie, kiedy miałam roczek. Nie pamiętam moich biologicznych rodziców.

- Coś się jednak ostatnio zadziało, prawda?

- Naprawdę masz dobrą intuicję – uśmiech – Tak. Zmieniło się... Jakiś czas temu, mój chłopak namówił mnie, abyśmy zrobili sobie testy DNA. Nasze dane automatycznie znalazły się w bazie danych. Dwa tygodnie temu dostałam telefon. To był mój kuzyn, o którego istnieniu nie wiedziałam. Syn mojej starszej siostry. Też o niej nie wiedziałam... Niczego o sobie nie wiedziałam... I to było straszne... Nie wiedzieć jakie są twoje korzenie... Jaka historia... Do kogo jesteś podobna... Po kim masz oczy, uśmiech, a po kim taką czy inną naturę... Moi adopcyjni rodzice są kochani i wiem, że oni bardzo mnie kochają... Ale oni są biali, a ja jestem Azjatką... Nie wyglądam tak jak oni...

Kobieta zamyśla się na chwilę. Jej niewidzący wzrok wskazuje na to, że przez ten krótki moment jest gdzieś daleko. Szybko jednak wraca do tu i teraz.

- Kuzyn zadzwonił z Londynu. Okazało się, że mnie szukali... I znaleźli właśnie dzięki tym testom DNA.

- A co z domem dziecka? Nie mogli tam zapytać o informacje?

- Tego Domu Dziecka już nie ma. Okazało się, że spłonął kilka lat po moim wyjeździe. A wraz z nim cała dokumentacja. To była wielka tragedia. Wiele dzieci również wtedy zginęło. Nie wiedziałam o tym aż do wczoraj.

- A co wydarzyło się wczoraj?

- Wczoraj po raz pierwszy spotkałam się z moją siostrą, jej mężem oraz kuzynem, który do mnie dzwonił i kuzynką... Specjalnie dla mnie przylecieli do Los Angeles z Londynu... Żeby się ze mną zobaczyć... Poznać mnie...

- I jak się czułaś?

- Sama nie wiem... Dziwnie... Ale jestem szczęśliwa... Wciąż trudno jest mi dojść do siebie... To wszystko stało się tak nagle, niespodziewanie i w tak krótkim czasie... Dzisiaj mam spotkać się z bratem...

- Znalazłaś odpowiedzi na swoje pytania? – pyta mój Przyjaciel.

- Tak... Chyba tak... Nie wiem... Ale sporo się wyjaśniło...

- Wiesz już czemu trafiłaś do Domu Dziecka?

- Okazało się, że kiedy miałam niecały roczek, mój ojciec zostawił moją mamę z czwórką małych dzieci dla innej kobiety. Zniknął... Mieszkaliśmy w małej miejscowości. Samotna kobieta porzucona przez męża to był wstyd i swoista forma napiętnowania. Mama miała problem, ze znalezieniem pracy i utrzymaniem nas. Tym bardziej, że dzieci były małe. Musiała prosić o pomoc swojego ojca, mojego dziadka. On był majętny. I to on rządził. Mama była mu we wszystkim posłuszna. Tak została wychowana. Taka była rzeczywistość. Zresztą do tej pory taka jest chińska tradycja i kultura. Mam dwóch starszych braci i siostrę. Ja byłam najmłodsza. To dziadek oddał mnie do Domu Dziecka. Mama podobno płakała, ale bała się sprzeciwić. Zabronił jej kontaktu ze mną. Mówił, że to dla jej i mojego dobra. Chciał jej podobno ulżyć. Starsze dzieci mogły pracować, a mną trzeba było się zajmować.

- Miałaś możliwość skontaktowania się ze swoją biologiczna mamą?

- Mama nie żyje. Zmarła wiele lat temu. Kiedy moje rodzeństwo wyjechało do Wielkiej Brytanii. Podobno do końca życia zamartwiała się o mnie... Może trudno wam w to uwierzyć, ale ja ją czułam... Śniła mi się wiele razy... Śpiewała mi piosenkę... zawsze tę samą... Nie pamiętam jej twarzy, ale pamiętam uśmiech... i zapach... Tak bardzo za nią tęskniłam... Dziadek też umarł...

- A co z twoim ojcem? Odnalazł się?

- Tak. Rok temu. Też w Londynie. To on odnalazł moje rodzeństwo. Niestety zmarł na atak serca zanim doszło do spotkania z nimi. Ale poszli na jego pogrzeb. Potem okazało się, że był bardzo dobrze prosperującym biznesmenem i stworzył dużą międzynarodową firmę. Teraz zarządza nią jeden z moich braci. Ten, z którym mam się dzisiaj spotkać. Drugi brat mieszka w Amsterdamie i zajmuje się pracą naukową. Jeszcze go nie poznałam, ale rozmawialiśmy przez telefon...

Sącząc napój bogów, kobieta znów się zamyśla.

- Jakie to życie jest nieprzewidywalne... Urodziliśmy się gdzieś na chińskiej wsi, teoretycznie bez widoków na przyszłość i mimo trudnych początków, wszyscy skończyliśmy studia na dobrych uniwersytetach i osiągnęliśmy sukces... Oni też swoje przeszli... Zawsze myślałam, że moja mama mnie nie chciała, nie kochała..., a prawda była zupełnie inna...

Po jej policzkach płyną łzy...

- Jak się nazywa twój brat? – To nieoczekiwane pytanie mojego Przyjaciela zaskakuje nas obydwie.

Zdziwiona kobieta podaje imię i nazwisko.

- Czemu pytasz? Znasz go?

- Tak. Twój brat jest moim partnerem biznesowym. Właśnie witałem się z nim w lobby. Znałem też twojego ojca. Robiłem z nim interesy, ale twój ojciec, przede wszystkim, był moim przyjacielem. I też byłem na jego pogrzebie.

- Znałeś mojego ojca?! – ogromne zdziwienie kobiety miesza się z ciekawością.

- Tak.

...

- I znam tę historię ..., ale od innej strony ...

- Jaki on był? – pyta kobieta, kiedy już dochodzi do siebie.

- Idealistą... Był wielkim idealistą... I dobrym, uczciwym człowiekiem.

- Dobrym człowiekiem? Czy dobry człowiek zostawia swoją żonę i dzieci dla innej kobiety i nie daje znaku życia?

- Twój ojciec mówił: - 'Biedny boi się krewnych, a bogaty złodziei.'

- I?

- Mówił też: - 'We fragmentach, prawdy mało, albo nie ma prawdy wcale.'

- Znam już prawdę. I wiem, przez co przeszłam.

- Przeszłaś wiele. Ale sama powiedziałaś, że życie jest nieprzewidywalne. Pisze własne scenariusze. Często, aby było dobrze, najpierw jest trudno. Życie hartuje i uczy. Daje lekcje. Zwycięzcą jest ten, kto te lekcje odrobi.

- Ale czemu cierpią małe dzieci?

- Kto wie, kim byś teraz była i gdzie byś była, gdyby nie to, co się wydarzyło w twoim wczesnym dzieciństwie...

- Ale to nie usprawiedliwia mojego ojca. Zostawił nas i moją mamę... Bo co? Bo się zakochał? Czy tak postępuje odpowiedzialny człowiek? Dobry - jak go nazwałeś.

- Tak, zostawił was. Ale nie zrobił tego z własnej woli. I z pewnością nie dla innej kobiety. Twój ojciec był sam. W jego życiu była tylko jedna kobieta. Twoja matka.

- Jak to? O czym ty mówisz? To czemu odszedł?

- 'Serce człowieka jest jak żelazo, ale prawo jest jak piec, co je topi.' – to słowa twojego ojca. Często to powtarzał.

- Ale co to ma wspólnego ze mną i moją rodziną?

- Ma więcej niż przypuszczasz. Twój ojciec i ja, często graliśmy w golfa. Obydwaj bardzo to lubiliśmy. Ja wciąż lubię. – przy tych słowach mój Przyjaciel, który urodził się i wychował w Wielkiej Brytanii, delikatnie się uśmiecha. Wiem dobrze, że jest fanem golfa. Taka jego angielska fanaberia. Czasem gramy razem, ale raczej nigdy nie dorównam mu w umiejętnościach i precyzji rzutów. – Golf to taka gra, która zbliża. Buduje swoiste zaufanie. Kiedyś, po jakiejś 18-dołkowej rundzie, kiedy to nieźle skopał mi tyłek, - no niestety nie był to mój dobry dzień na polu, - twój ojciec, chcąc mi poprawić humor, zaprosił mnie do siebie na drinka. I kiedy tak siedzieliśmy u niego na tarasie, otworzył się i opowiedział mi swoją historię. To był jeden jedyny raz, kiedy o tym rozmawialiśmy. Widziałem, że to był dla niego bardzo trudny temat, z którym próbował sobie poradzić aż do śmierci.

- Opowiesz mi tę historię?

- Tak. Masz prawo znać prawdę... Myślę, że on by tego chciał.

Po chwili milczenia Przyjaciel zaczyna opowieść, na którą czeka zaintrygowana Znajoma. Przyznaję, że ja również.

– Twój ojciec i twoja mama bardzo się kochali. Niestety, ojciec pochodził z niezbyt zamożnej rodziny. Poza tym, był podejrzewany o działalność antyrządową, co zresztą nie było pozbawione prawdy. Wszystko to, nie podobało się twojemu dziadkowi. Upatrzył dla twojej mamy innego kandydata. Twoi rodzice pobrali się w tajemnicy. Dziadek był wściekły. Odciął się od nich, chociaż twoja mam była jego jedynym dzieckiem. Urodził się twój najstarszy brat, potem twoja siostra, drugi brat, a w końcu ty. Dziadek nie odwiedził córki ani razu. Nie chciał was poznać. Nie wpuścił też twojej mamy, kiedy poszła do niego ze swoim pierwszym dzieckiem. Rodzicom nie było im łatwo, ale dawali radę. Twój ojciec był wykształconym człowiekiem, chociaż nie miał dyplomu. Został wyrzucony ze studiów na ostatnim roku historii, tuż przed obroną pracy magisterskiej. A raczej nie dopuszczony do jej obrony. Tak jak wspomniałem wcześniej, był podejrzewany o działalność antyrządową. Spędził nawet kilka miesięcy w chińskim więzieniu. Od tamtej pory był na cenzurowanym. Dlatego miał problemy ze znalezieniem stałej dobrej posady. Ludzie bali się zatrudniać kogoś takiego, bo nie chcieli ściągać na siebie kłopotów...

Przyjaciel przerywa na chwilę swoją opowieść i wypija trochę wina.

- No dobrze, ale dlaczego zniknął tak nagle z naszego życia? – pyta kobieta.

- 'Biedny boi się krewnych, a bogaty złodziei.' ... Doniósł na niego jeden z krewnych. Nie, to nie był twój dziadek. Twój dziadek rzeczywiście was chronił. Ludziom urodzonym w wolnym świecie, trudno jest sobie wyobrazić strach, jakiego doznają każdego dnia i każdej nocy ludzi żyjący w systemie reżimu komunizmu... 'Prawo jest jak płot, tygrys przeskoczy, szczur się prześlizgnie, a bydło stoi.' ...To też słowa twojego ojca... Groziło mu aresztowanie i więzienie, a nawet śmierć. Również twojej mamie i wam jako jego rodzinie... Musiał was ochronić... To twój dziadek pomógł mu uciec z kraju. Nie tylko zorganizował tę ucieczkę, ale też wszystko opłacił. Oczywiście wszystko odbyło się w sekrecie i bardzo szybko. Wersja o ucieczce z kobietą była wersją oficjalną. Twoja mama też o wszystkim wiedziała. Niestety ty byłaś ofiarą, która miała zamknąć ludziom usta. Nigdy nic wam nie powiedzieli, aby was chronić.

Przyjaciel znów przerywa swoją opowieść, a po policzkach kobiety znów spływają łzy. Biorę ją za rękę.

- To dlatego nigdy do nas nie napisał żadnego listu..., żeby nas chronić...I nigdy nie mógł już wrócić do Chin...

- Tak... Kiedyś miałem podróż w interesach do Szanghaju. Poprosił mnie, abym przekazał twojej mamie list. Pojechałem do waszej wioski. Niestety ani twoja mama, ani dziadek już nie żyli. A twoje rodzeństwo wyjechało. Kiedy wróciłem, dowiedziałem się o śmierci twojego taty... To był szok... Potem zapomniałem o tym liście. Aż do wczoraj. – Przyjaciel sięga do wewnętrznej kieszeni marynarki, wyciąga z niego białą kopertę i podaje kobiecie. - Miałem go jutro dać twojemu bratu, ale myślę, że to ty, powinnaś go dostać.

Ręce kobiety drżą, kiedy otwiera kopertę i wyjmuje z niej kartkę zapisaną chińskimi znakami.

- Potrafisz to odczytać? – pytam

- Tak. Znam mandaryński. Moi adopcyjni rodzice zadbali o to, abym nigdy go nie zapomniała.

Przyjaciel spogląda na zegarek.

- Na nas już czas... Powinnaś jeszcze wiedzieć, że twój ojciec spędził wiele lat na poszukiwaniach... na tym, aby was odnaleźć... Zatrudnił w tym celu najlepszą agencję detektywistyczną w Londynie. Był taki szczęśliwy, kiedy w końcu udało mu się trafić na ślad twojego rodzeństwa. Martwił się bardzo o ciebie... Często się zastanawiał, jak wyglądasz, jaka jesteś... Byłaś taka malutka, kiedy musiał cię zostawić...

- Znów się okazało, że nie wszystko jest takie jak nam się wydaje – mówi kobieta. – Dziękuję, że pokazałeś mi prawdę...

- Twój ojciec powiedział mi kiedyś, – 'W dniu twych narodzin wszyscy byli weseli, tylko ty płakałeś. Żyj tak, by w twej ostatniej godzinie płakali wszyscy inni, a ty jeden byś się śmiał serdecznie i łzy nie miał w oku.' – Nie płacz już więcej... Byłaś dzieckiem kochanym i chcianym. Reszta to brutalne okoliczności stworzone przez ludzi. Niestety, zły uczynek jednego człowieka, może Ego, może strach, a może jeszcze coś innego, - w tym przypadku, waszego krewnego, - skutkuje na wiele innych żyć..., ale to wszystko są lekcje... a ty ją odrobiłaś... najważniejsze, że znów jesteście razem... I tak jak właśnie powiedziałaś, - Nie twórz prawdy z fragmentów, bo nie wszystko jest takie jak nam się wydaje...

Odchodzimy. Kierujemy się do Sali, w której ma się odbyć koncert. Z oddali widzimy kobietę pochyloną nad kartką białego papieru.

14

Anioły

Madryt, wczesne przedpołudnie. Końcówka lat osiemdziesiątych. Wraz z mężem idziemy w kierunku agencji socjalnej po odbiór zasiłku. Rozmawiamy o naszym pierwszym dziecku, które na dobre zadomowiło się w moim brzuszku, o czym dowiedzieliśmy się miesiąc temu, czyli zaraz po przylocie do Hiszpanii. Mąż skakał z radości, jednak dla mnie, uwiadomienie sobie tego faktu było, przez pierwszy ułamek sekundy, sporym szokiem. Chociaż przecież nie powinno. Bo jak to mówią, - jest akcja to i są jej konsekwencje... Warto może wyjaśnić tym, którzy nie pamiętają lub nie wiedzą, że w tamtych, - jakże odległych, choć przecież wciąż tak świeżych, jakby to było wczoraj, - czasach, można było liczyć na trzy metody antykoncepcji... metoda przerywana, metoda termometrowa i metoda błagalna, czyli modlitwa o to, żeby się nie przydarzyło... Nie od dziś jednak wiadomo, że młodość ma swoje prawa, krew nie woda, a modlitwa nie zawsze zadziałała... Jak zapewne u ponad 90% innych par ... No, cóż, - chcesz rozśmieszyć Pana Boga, powiedz mu o swoich planach... On wie lepiej co jest dla nas dobre, chociaż w danym momencie, często wydaje nam się inaczej.

A czemu przez malutki moment byłam w szoku? Przecież rozmawialiśmy o dziecku i chcieliśmy je mieć. Ale ten moment... Oto jesteśmy na początku naszej emigracji, wielkiej życiowej zmiany, niewiadomej rzec można, a tu spada na nas informacja o ciąży. Jak to będzie? Wracać do Polski, czy zostać? Aleś sobie synku czas wybrał... najmniej odpowiedni... No, ale jaki czas jest odpowiedni? A kiedy po latach patrzymy z dystansu i z perspektywy czasu, okazuje się, że ten właśnie czas był jak najbardziej właściwy... wręcz idealny... Zatem, jak to zwykłam robić w takich chwilach, natychmiast włączyłam logikę i powiedziałam – ok, mamy jeszcze parę miesięcy... zdążymy się przygotować i wszystko jakoś poukładać... na ulicy przecież nie urodzę... będzie dobrze... I rzeczywiście było....

- Dobrze się czujesz, kochanie? Jak tam nasza Helenka? – pyta mąż. Nie wiedzieć czemu, uparł się na córkę i 'roboczo' nazwał ją Helenką. Może dlatego, że sam miał dwóch starszych braci. Do tej pory też nie mam pojęcia, czy rzeczywiście nazwałby ją Helenka, gdyby faktycznie urodziła się córka.

- Helenka ma się dobrze, tyle, że to nie Helenka tylko chłopak. – odpowiadam z uśmiechem. Facet tego nie zrozumie, ale my kobiety po prostu wiemy pewne rzeczy bez sprawdzania. Niektórzy nazywają to intuicją.

- Będzie Helenka i będzie taka piękna jak jej mama – ależ on potrafił być czarujący...

Końcówka lutego. Cudowny, łagodny hiszpański klimat. Jest stosunkowo ciepło, chociaż jeszcze zaledwie miesiąc temu przylecieliśmy tutaj opatuleni po uszy, chroniąc się przed polskimi mrozami. Jesteśmy już blisko agencji. Widzimy budynek i główne wejście. Jeszcze jedna przecznica i dotrzemy do celu.

Na rogu ulicy, na chodniku, siedzi pod ścianą, opatulona w jakieś szmaty, żebraczka. Staruszka. Widzieliśmy ją już wcześniej. Poprzednim razem, kiedy byliśmy tu po raz pierwszy. Wtedy, zaaferowani nową sytuacją, w której się znaleźliśmy, - nowy kraj, emigracja, załatwianie dokumentów pobytu, mieszkania, itd. plus wiadomość o dziecku, - niespecjalnie zwróciliśmy na nią uwagę, aczkolwiek, odnotowaliśmy w podświadomości jej obecność. Tym razem jest inaczej. I nie musimy nic mówić. Rozumiemy się bez słów. Zgodnie podchodzimy do kobiety. Mąż wyciąga wszystkie drobniaki, które nam jeszcze zostały z ostatniego zasiłku. Nie ma tego wiele. W sumie zaledwie parę pesetas. Wszystko, co znalazł w kieszeniach wrzuca do stojącej na ziemi miseczki. No, ale przecież za chwilę dostaniemy pieniądze. Ja w tym czasie obserwuję zmęczoną, pooraną bruzdami życia twarz kobiety.

- Tienes hambre? Comiste algo hoy? (Jesteś głodna? Jadłaś coś dzisiaj?) – pytam po hiszpańsku.

- No, todavía no he comido nada. (Nie, jeszcze nic nie jadłam.)

Sięgam do torby i wyciągam kanapki, które przygotowałam dla nas na drogę. Mieszkaliśmy w oddalonym o ok. 40 km od Madrytu, pięknym uniwersyteckim miasteczku Alcala de Henares, gdzie wynajmowaliśmy mieszkanie. Tego dnia, korzystając z okazji pobytu w stolicy, planowaliśmy jeszcze odwiedzić znajomych, również jak my, emigrantów z Polski.

Podaję kanapki kobiecie.

- Gracias angel (dziękuję aniele)

- De nada (nie ma za co), - odpowiadam

Kobieta patrzy na mnie przenikliwym wzrokiem.

- Nie martw się o syna. Urodzi się zdrowy i wyrośnie na mądrego i dobrego człowieka. – mówi. Jej głos jest ciepły, łagodny i spokojny.

Błyskawiczne, pełne zdziwienia spojrzenie na męża, aczkolwiek on nic nie rozumie z tej konwersacji. Jeszcze nie mówi po hiszpańsku. Skąd ona wie, że jestem w ciąży? Po pierwsze to dopiero trzeci miesiąc i nic zupełnie nie widać, a po drugie, nawet gdyby było widać, to jestem ubrana w modny w tamtym czasie, szeroki i długi, niemal do ziemi, płaszcz. I skąd ona wie, że się martwiłam. Nie mówiłam tego głośno, ale jak chyba wiele kobieta oczekujących dziecka, szczególnie pierwszego, często myślałam o tym, aby urodziło się zdrowe. Uśmiecham się do kobiety nieśmiało. Milczę.

- Masz w życiu bardzo dużo do zrobienia. Nie zawsze będzie łatwo... Ale sama tak wybrałaś... Zmienisz życie wielu ludzi, chociaż nie każdy to doceni... nie każdy umie i chce słuchać.... A zazdrość to potężne narzędzie zła, któremu wiele osób ulega... Ale anioły mają wielkie serce i patrzą sercem ... jak ty... i nasze serca czasem krwawią... dzisiaj nie wszystko pójdzie tak jak chcecie, ale nie martw się... nasz brat ci pomoże... bracia i siostry zawsze ci pomogą, kiedy ich o to poprosisz....

Boże Drogi! O czym ta kobieta mówi?... Jaki brat? Ja nie mam żadnego brata... Mam tylko jedną siostrę.... Czuję, jednak, że to, co ona mówi, to coś ważnego... Ale ja mam dopiero 22 lata i tak niewiele wiem o życiu... No i teraz najważniejsze jest to maleństwo, które noszę pod sercem... Jednak jej słowa sprawiają, że w moich oczach, nie wiedzieć czemu, pojawiają się łzy...

- Kochanie, co ona mówi? – pyta zatroskany mąż, - Co ona ci powiedziała?

- Nic takiego. Wszystko dobrze.

- Buen dia, señora (Dobrego dnia) – zwracam się do kobiety

- Buen dia, hermana... (Dobrego dnia, siostro)

Mąż bierze mnie za rękę. Odchodzimy...

Wchodzimy do agencji. Poprzednim razem był tu tłum ludzi. W większości, jak my, emigrantów. Dzisiaj jest niemal pusto. Podchodzimy do okienka. Po krótkiej rozmowie z urzędnikiem okazuje się, że nie otrzymamy dzisiaj zasiłku. Właśnie zmieniły się przepisy. Najpierw musimy zdać na policji nasze polskie paszporty, czego wcześniej nie wymagano, i wrócić z zieloną kartą, a to potrwa parę dni. Okazuje się, że wiele osób wykorzystywało lukę w prawie i pobierało zasiłek na paszport, będąc tu tylko przejazdem lub na wycieczce turystycznej.

Wychodzimy przed budynek i zaczynamy się śmiać. Nie tylko nie mamy kasy na jedzenie, ale nawet na bilet kolejowy, żeby wrócić do domu. O metrze nie wspomnę. No, cóż... jedyna nadzieja w znajomych... no i jedyni Polacy, których tu znamy. W tamtym okresie, Hiszpania nie była popularnym kierunkiem dla polskiej emigracji. W samym Madrycie i okolicach przebywało może ze 40-50 rodzin. Aczkolwiek czas, który opisuję, był początkiem wielkiego boomu. Już rok później, można było liczyć Polaków w tysiącach.

Na metro nas nie stać, zatem pozostaje długi marsz do centrum miasta. Mimo problemu, jesteśmy spokojni i optymistyczni. Jak zawsze. Miejsce, w którym jeszcze parę minut temu siedziała żebraczka jest puste. Nie ma też żadnego śladu, że ktoś tu był.

- Czego ona od ciebie chciała?

- Niczego... Mówiła dziwne rzeczy... o aniołach...

- Może jakaś loca (wariatka)?

- Nie sądzę... mówiła do mnie, jakbym była jakimś aniołem... i o sobie też tak mówiła...

- To, że moja żona jest aniołem to wiem, ale ta kobieta wyglądała bardziej jak una bruja (czarownica)

- Nie mów tak... Nie zawsze wszystko jest takie, jak nam się wydaje, że jest... Zastanawiam się, skąd ona wiedziała, że coś pójdzie dzisiaj nie tak. Powiedziała, że brat mi pomoże...

- Przecież ty nie masz brata

- Otóż, to...

Po jakiejś godzinie docieramy do hostalu, w którym mieszkają znajomi mojego męża, a teraz też moi. Młode małżeństwo w naszym wieku, które przyjechało do Madrytu kilka miesięcy wcześniej. Znają się z moim mężem jeszcze z Polski. Wchodzimy do ich pokoju. Mają gościa. Młody, szczupły, wysoki, przystojny blondyn. Jak się później okazało, sąsiad z drugiego piętra. Znajomi są wyraźnie uradowani na nasz widok. My też lubimy się z nimi spotykać i chociaż jesteśmy zupełnie różni, zawsze jest miło, wesoło i głośno. Po krótkiej kurtuazyjnej rozmowie, opowiadamy im o naszym problemie i pytamy, czy mogliby pożyczyć nam jakiekolwiek pieniądze, na kilka dni. Chociaż na bilet powrotny do domu. Niestety okazuje się, że znajomi są spłukani, zasiłek dostaną dopiero za tydzień i też szukają pożyczki. I tak oto, niewielki problem zaczyna urastać do naprawdę dużego problemu. Podczas naszej rozmowy, chłopak, który ani razu się nie odezwała, taktownie wychodzi.

Mija godzina, a my wciąż jesteśmy w punkcie wyjścia i wciąż nie za bardzo wiemy, co dalej robić. Pokój znajomych jest dosyć mały. Jest duszno. Postanawiamy wyjść na świeże powietrze. Na korytarzu zatrzymujemy się na chwilę. Czekamy na znajomych, których zagadnął właściciel hostelu. I kiedy tak czekamy w tym dość nieprzyjemnym, ciemnym korytarzu, nagle pojawia się dopiero co poznany blondyn. Podchodzi do nas, podaje tysiąc pesetas i mówi:

- Mam nadzieję, że wystarczy. Oddacie jak będziecie mieli.

Często wracam myślami do tamtego dnia w Madrycie. Wtedy, po raz pierwszy zrozumiałam, jak potężną moc ma empatia i co to znaczy patrzeć sercem. Robiłam to od zawsze, ale nie umiałam tego nazwać. Myślałam, że każdy tak ma. Tamtego dnia zrozumiałam, że patrząc sercem zawsze, zawsze widzimy więcej. Anioły są wszędzie i każdy może być aniołem dla każdego. Bratem i siostrą. Czasem anioły pojawiają się na bardzo krótką chwilę. Zwykle jakieś przypadkowe spotkanie, przypadkowe słowo, gest, choć tak naprawdę nie ma czegoś takiego jak przypadek. Wszystko jest po coś. Tamtego dnia w Madrycie, po raz pierwszy świadomie doświadczyłam, że dobro wraca wtedy, kiedy najmniej się tego spodziewasz i przychodzi z zupełnie innej strony niż wypatrujesz.

Wiele razy byliśmy potem w agencji po zasiłek, jednak już nigdy więcej nie spotkaliśmy tamtej żebrzącej kobiety. Chłopak, który pożyczył nam pieniądze, też wkrótce potem wyjechał. Zdążyliśmy je oddać. Kilka miesięcy po tym zdarzeniu, urodziło się nasze dziecko. Zdrowe, aczkolwiek w trakcie porodu pojawiły się pewne komplikacje. Konieczne było podanie narkozy. Obudził mnie głos męża:

- Kochanie, mamy pięknego syneczka... takiego małego aniołeczka...

Wolność

Koń pędzi coraz szybciej po otwartej przestrzeni, gdzieś w środku ekwadorskich Andów. On zna te tereny, ja nie. Mam jednak wrażenie, jakbym już tu kiedyś była. W innym czasie, w innym świecie, w innej rzeczywistości. Obce miejsca, a takie znajome. Intuicyjnie zgrywam swoje ruchy z ruchami zwierzęcia. Chociaż jest to moja pierwsza w tym życiu jazda konno, czuję, jakbym robiła to od zawsze. Dokładnie wiem, jak się zachować. To coś znajomego. Naturalnego. Jakby pamięć poprzednich wcieleń. Duszę rozrywa bezgraniczne poczucie szczęścia. I ta wolność...

Ekwador, 'środek świata', końcówka lat osiemdziesiątych. Zanim przyleciałam do Ameryki Południowej, byłam zafascynowana książkami Erich'a von Däniken'a, który zaraził mnie swoją koncepcją pozaziemskich cywilizacji, od tysiącleci odwiedzających naszą ziemię. Według Szwajcara, na ziemi jest mnóstwo śladów ich bytności, z piramidami w Egipcie włącznie. Najwięcej zaś, właśnie na kontynencie południowoamerykańskim. Ówcześni, 'prymitywni' ludzie postrzegali kosmicznych podróżników jako bogów. Wznosili dla nich swoje świątynie, posągi, wycinali ich podobizny w skale, budowali coś na wzór lotnisk i opowiadali historie w dostępnym sobie zakresie pojęć i słownictwa, tak jak je rozumieli. Ludziom znacznie łatwiej jest stworzyć jakąś bajkę dostępną ich percepcji pojmowania i uwierzyć w nią, niż uwierzyć w coś, czego nie rozumieją. Świetnym przykładem jest zdalnie sterowana łódź Nikola Tesli, którą zaprezentował w Madison Square Garden w Nowym Jorku w 1898 r. Kierowana za pomocą bezprzewodowego nadajnika łódka przyspieszała, zwalniała i skręcała w niewielkim basenie. Jednak fale radiowe są niewidzialne w naszym zakresie widzenia i raczej trudno je sobie wyobrazić. Spora część zgromadzonych na pokazie widzów, wolała uwierzyć, że w środku tejże łódki siedzi malutki człowieczek, który nią kieruje, - bo przecież w cyrkach, różne 'dziwadła' można było zobaczyć - niż uwierzyć w jakiś przekaz radiowy, czyli coś nowego i nieznanego, z czym wcześniej nie mieli do czynienia. Tak też nasi przodkowie, po zetknięciu się z czymś, czego wcześniej nie widzieli, tworzyli swoich bogów. Oddawali im hołd i swoją wolność.

Umysł ludzki to potężne i często niedoceniane narzędzie mocy. I tak łatwo go zaprogramować. Albo jesteś ofiarą albo zwycięzcą. Bez względu na okoliczności. Wszystko jest w naszej głowie. Bo wszystko, co naprawdę cenne w tym życiu dostajemy przecież za darmo, - nasze ciało, duszę, zdrowie, nasz umysł, miłość, radość, uśmiech, naturę, matkę ziemię, śpiew ptaków, szum drzew, ludzi, którzy nas kochają, bez względu na to, jacy jesteśmy, i wiele innych rzeczy. Paradoksalnie jednak, najbardziej cenimy to, za co musimy zapłacić. Im więcej, tym to coś wydaje się bardziej cenne. Również nasza wolność. A przecież wszystko, jest w naszej głowie. Człowiek naprawdę wolny, nawet jeśli jest w niewoli, w duszy wciąż pozostanie wolny.

Kiedy zatem, jako bardzo młoda osoba, leciałam na południowy kontynent Ameryki, wyobrażałam sobie, że oto właśnie będę miała okazję zobaczyć coś niezwykłego. Dotknąć cywilizacji obcych, może poznać ich potomków... Rzeczywiście zobaczyłam i doświadczyłam wiele ciekawych rzeczy, jednak kosmitów nie spotkałam. Zobaczyłam jednak, jak w praktyce wygląda feudalizm - chociaż Ekwador jest przecież Republiką, - i zrozumiałam, czym tak naprawdę jest wolność.

Zatrzymuję konia i przez dłuższą chwilę delektuję się ciszą i otaczającym mnie pięknem przyrody. Czuję się taka wolna, a radość po prostu rozpiera mnie od środka. Uśmiecham się. Nic nie muszę. Nikt nie przeszkadza. Nikogo nie ma. Nic nie rozprasza. Jest tylko ta chwila. I są ptaki, wiatr, szum drzew. W oddali wysokie aż do nieba, masywne szczyty gór. Nie bardzo wiem, gdzie jestem, ale zupełnie się tym nie przejmuję. Uśmiech przeradza się w głośny śmiech. – 'Chwilo trwaj!" - krzyczę z całych sił. O, jak dobrze... Tak dobrze...

- Prowadź do domu, - mówię do zwierzęcia i lekko naciskam nogami na jego tułów. Nie wiem, skąd wiem, że koń mnie rozumie. Po prostu wiem.

Znów pędzimy. Po jakimś czasie docieramy do znajomego traktu. Koń jakby odczytywał moje myśli.

Zwalniamy. Teraz jedziemy lekko stępa. Nie ma zabudowań. Są tylko drzewa, za którymi rozciągają się połacie jasnozielonych łąk. Tuż za zakrętem, niespodziewanie natykam się na stojącego na poboczu Jeepa. Z daleka widzę sflaczałe koło. Pewnie najechał na jakiś ostry kamień. Przy otwartym bagażniku, dobrze, modnie ubrany, na oko około sześćdziesięcioletni mężczyzna. Indianin odwraca się, a na jego twarzy pojawia się szeroki uśmiech.

- Hola, buenos días, señorita, como esta, usted? (Witaj, dzień dobry, panienko, jak się masz?) – pozdrawia mnie przyjacielsko

- Buenos días – odpowiadam grzecznie, aczkolwiek nieco nieufnie.

- Dobry dzień na przejażdżkę konną. I dobre tereny.

- Tak, ma pan rację. Świetna przejażdżka i piękny dzień.

- Widziałem panienkę z daleka, ale nie chciałem przeszkadzać. Panienka jest biała, ale widać, że ma wolną indiańską duszę. Skąd panienka przyjechała?

- Z dalekiego kraju. Z Polski.

- Polacy są wolnym duchem i mają dumę w sercach, chociaż też trudną historię. Wasze serca są waleczne i odważne. Tak jak nasze, Indian. Jesteście ufni jak my. Was też zdradzali ci, których mieliście za przyjaciół i zabrali wam waszą ziemię. Ale tradycja, język i poczucie wspólnoty przetrwały. To siła mądrych plemion. Wasza siła. I nasza. –

Już go lubię… jednak w mojej głowie pojawia się zdziwienie. Jedna z ostatnich rzeczy, które spodziewałabym się znaleźć tu, w środku Andów, niemal na pustkowiu, to spotkać kogoś, kto zna mój kraj i mój naród.

- Zna pan Polskę? – pytam

- Tak. Mieszkałem w Warszawie przez cztery lata studiów.

- Ja też jestem z Warszawy... Mówi pan po polsku. – bardziej stwierdzam niż pytam. Mówię to w moim ojczystym języku.

- Raczej mówiłem. – odpowiada po polsku z mało słyszalnym akcentem. – Nie używałem przez tyle lat, że zapomniałem.

Przez chwilę rozmawiamy o jego wspomnieniach z Polski. Dowiaduję się, co studiował, które potrawy lubi, które miejsca odwiedził i oczywiście słyszę, że Polki to najpiękniejsze dziewczyny na świecie i dobre towarzyszki oraz gospodynie, tak jak Indianki.

- Mieszka pan tu gdzieś w okolicy? Potrzebuje pan pomocy? Może kogoś powiadomić? – pytam spoglądając na zepsute koło.

- Nie, dziękuję. Poradzę sobie. Mam zapasowe. Nie mieszkam w okolicy. Szukam kogoś. I mam nadzieję, że tym razem znajdę.

- A skąd pan przyjechał, jeśli mogę zapytać?

- Z Guayaquil – największe miasto Ekwadoru położone w zachodniej jego części oraz główny port tego kraju

- W takim razie powodzenia. I dziękuje za rozmowę. Miło było pana spotkać.

- Do widzenia panienko. Może się jeszcze kiedyś spotkamy. Świat nie jest taki wielki jak się wydaje, a życie nieprzewidywalne. – Uśmiecha się ciepło. – I proszę nigdy nie zgubić swojej wolności.

Odjeżdżam. Wkrótce docieram do szeroko otwartej bramy hacjendy, w której przebywam jako gość. Naprzeciw mnie wychodzi niski Indianin w tradycyjnym poncho i kapeluszu, - jeden z wielu, którzy tu pracują. Tutejsi Indianie często noszą kapelusze. Wbrew ogólnie przyjętej nazwie, kapelusze, które nazywamy 'Panama', oryginalnie pochodzą właśnie z Ekwadoru. Pierwotnie były ręcznie wyplatane z włókien roślinnych przez tutejszych Indian. Nazwa „Panama' przyjęła się w okresie budowy Kanału Panamskiego, kiedy to ten typ kapelusza stał się popularny w Stanach Zjednoczonych.

Indianin uśmiecha się do mnie. Jestem biała, mam blond włosy, uśmiecham się do nich, traktuję z szacunkiem i jestem ciekawa innej dla mnie kultury, wciąż o coś pytam. Nic dziwnego, że wzbudzam w tutejszych Indianach spore zaciekawienie i zaufanie.

- Widzę, że panienka zadowolona z przejażdżki. - Mówi z tym swoim dziwnym akcentem, który nawet ja potrafię usłyszeć, chociaż mój hiszpański pozostawia jeszcze wiele do życzenia. Jest to jednak akcent inny niż słyszałam u mieszkańców Quito. Zauważyłam, że część pracowników, porozumiewa się między sobą w nie znanym dla mnie, swoim własnym języku.

- Tak. Bardzo. – odpowiadam zeskakując na ziemię.

- Koń nie sprawiał kłopotu?

- Nie, świetnie się spisał. – Mówię głaszcząc zwierzę po karku.

- Dobrze panienka jeździ. Gdzie się panienka uczyła jeździć konno? W Polsce? –

Pracujący tu Indianie nie potrafią ani czytać, ani pisać i raczej nie wiedzą, gdzie jest ta tajemnicza Polska i co to za kraj, ale wiedzą, że stamtąd właśnie przyjechałam. Jedna z kobiet zapytała mnie nawet – Señorita, a ile godzin samochodem jedzie się do twojego kraju? - Zdziwiła się, kiedy odpowiedziała, że samochodem, to byłoby raczej trudno tam dojechać. Może pomyślała, że to gdzieś w środku tropikalnej dżungli. Niestety, nie zdążyłam jej wytłumaczyć, bo akurat ktoś nam przerwał rozmowę.

- To był mój pierwszy raz.

- Niemożliwe. Panienka lubi żartować.

- Nie żartuję.

Kierujemy się w stronę domu. A dom jest naprawdę wielki. Drewniany. Z każdej strony przylegają do niego dwa prostopadłe skrzydła. Wzdłuż całej przedniej części wybudowano werandę. Lewe skrzydło zajmują pracownicy. Zajrzałam tam, niby przypadkiem, zaraz po przyjeździe. Drzwi były otwarte na oścież. Jedno spore pomieszczenie, a na podłodze jakieś materace lub sienniki. Znajdowała się tam grupa osób - kobiety starsze i młodsze, niektóre coś szyły, jedna akurat karmiła niemowlę, mężczyźni spali, a na niewielkiej wolnej przestrzeni, niemal w ciszy, bawiło się kilkoro dzieci. W tamtym momencie był to dla mnie szok. Nigdy wcześniej nie widziałam, aby ludzie mieszkali w takich warunkach. I te nieme spojrzenia wielkich trochę zaciekawionych oczu, w których był... spokój. Inny świat. Później dowiedziałam się, że byli to w większości ludzie z dżungli. Nie byli niewolnikami. Sami zgłaszali się do pracy przy gospodarstwach - w większości należących do afro-potomków i metysów, - za wyżywienie i dach nad głową, czasem za nędzną pensję, która ledwo pokrywała ich podstawowe potrzeby. Brutalnie postępująca cywilizacja zachodu pozbawiała ich ziemi, zanieczyszczała naturalne środowisko ich życia i spychała na margines. Zabierała im ich wolny świat i dom.

- Señora pytała o panienkę. Prosiła, żeby panienka przyszła do niej jak wróci z przejażdżki. Jest za domem.
- Dziękuję. – To, naturalne dla mnie, słowo 'dziękuję' zawsze wzbudza zdziwienie indiańskich pracowników. Nikt tu przecież za nic im nie dziękował.

Zamyśloną gospodynię, Indiankę w średnim wieku, zastaję siedzącą na trawie na skraju wznoszącego się za domem urwiska. Siadam obok. Kobieta odwraca do mnie twarz, uśmiecha i ponownie wraca do swoich myśli. W milczeniu patrzymy na rozciągające się przed nami pasmo górskich szczytów sięgających nieba. Słowa są zbędne. Obydwie czujemy ten ogrom piękna podarowany ludziom przez Stwórcę. Andy. Najdłuższy łańcuch górski na ziemi, ciągnący się wzdłuż Oceanu Spokojnego od zatoki Morza Karaibskiego na północy po Ziemię Ognistą na południu, na przestrzeni ponad 9.000 km. Góry z najwyższymi na świecie wulkanami, które stanowią niejako wrota do wnętrza ziemi. Andy, góry łączące dwa światy - niebo i ziemię.

- Kocham te góry - odzywa się kobieta
- Pięknie tu.

- Widzisz tę górę naprzeciwko nas? – To mówiąc wskazuje ręką na roztaczające się pokryte zieloną trawą zbocze. – Ten teren należy do nas. Również tamten i tamten. – wskazuje górę po prawej i po lewej stronie.

- WOW!

- Mamy duże stada krów i trzeba je gdzieś wypasać. – Moja gospodyni i jej mąż zajmują się hodowlą bydła, z którego mleka wyrabiają sery. Mają też sporo koni, służących przede wszystkim pracownikom w ich codziennych obowiązkach.

- Długo mieszkacie w tym miejscu?

- Od czasu naszego ślubu. Odziedziczyliśmy tę hacjendę po rodzicach mojego męża. Rozbudowaliśmy, dokupiliśmy ziemię, pomnożyliśmy ilość bydła, a tym samym zwiększyliśmy produkcję mleka i sera.

- Twój mąż to jest dobry człowiek i bardzo rodzinny.

- Tak. Nie mogłabym życzyć sobie kogoś lepszego. Wychowaliśmy razem trzy córki i syna, doczekaliśmy się wnuków. – Jestem gościem właśnie jednej z jej córek.

- A skąd jesteś? Z Quito?

Chwila milczenia.

- Tak naprawdę to nie wiem. Urodziłam się gdzieś w dżungli... Spędziłam w naszej wiosce kilka pierwszych lat, a potem wszystko się zmieniło.

- Twoi rodzice przeprowadzili się?

- Nie. Moja mama zmarła przy moim porodzie. Tatę zastrzelili biali ludzie, którzy szukali nowych terenów i wycinali nasze drzewa. Zostałam tylko ze starszym bratem.

- Pamiętasz coś z tamtego okresu?

- Byłam malutka. Ale pamiętam wolność i naszą wspólnotę. Chodziliśmy nago. Niczym nieskrępowani.

Wszyscy byliśmy dla siebie rodziną, pomagaliśmy sobie, wszystko robiliśmy wspólnie. Do tej pory mam w uszach melodię tamtych pieśni, które śpiewaliśmy wspólnie wieczorami przy ognisku.

- Jak to się stało, że opuściłaś tamto miejsce?

- Miałam pięć może sześć lat. Mój brat poszedł nad rzekę, żeby złowić jakieś ryby na posiłek. Pamiętam, że nie pozwalał mi się nigdy oddalać samej od wioski. Zostawił mnie, jak zawsze, bawiącą się z innymi dziećmi. Ale tamtego dnia nie posłuchałam go. Nie wiem, dlaczego i nie pamiętam, dlaczego się oddaliłam. Może pobiegłam za jakimś motylem? Pamiętam te piękne kolorowe motyle... Ależ one były piękne... Nagle usłyszałam jakiś dziwny hałas za plecami... odwróciłam się i zobaczyłam białych ludzi... mężczyzn... Było ich kilku... w wiosce przestrzegali nas przed białymi... przykucnęłam za krzakiem... chciałam się schować... ale oni już mnie zobaczyli... Śmiali się i coś mówili między sobą w swoim języku... wtedy nie rozumiałam, teraz wiem, że to był angielski... Podeszli... i po prostu mnie wzięli... kiedy zaczęłam krzyczeć, jeden z nich zakrył mi ręką buzię i przyłożył do szyi nóż... Gestem pokazał, że mam być cicho... Płakałam w milczeniu... Potem zarzucił mnie sobie na plecy ... Szli jakiś czas, zatrzymując się po drodze kilka razy na odpoczynek ... Dla mnie to była wieczność... Tak bardzo się bałam... Do dziś pamiętam tamten strach... Potem doszliśmy do jakiegoś miejsca, gdzie był chyba ich obóz. Były tam konie, namioty i kilku innych białych mężczyzn. Przenocowaliśmy tam. Potem konno pojechaliśmy dalej... – w oczach mojej rozmówczyni pojawiły się łzy. Jej głos drżał. Widać było, że mimo upływu czasu, te wspomnienia wciąż bolą.

- Dlaczego cię zabrali?

- Zawieźli mnie do Anglii... i dali komuś w prezencie...

- W prezencie?!

- Tak. Byłam prezentem. Podarowali mnie pewnemu małżeństwu jako maskotkę dla ich trochę starszej ode mnie córki...

- To straszne... – czuję, jak wzþiera we mnie gniew – Długo tam mieszkałaś?

- Nie… szybko się mną znudzili... Podarowali mnie komuś innemu... Potem jeszcze komuś i jeszcze komuś... Byłam w kilku domach... Podobno byłam zbyt dzika i zbyt wolna... Mówili, że nieposłuszna, niegrzeczna... Kilka razy zmieniano mi imię, bo każdemu podobało się coś innego... Zapomniałam moje imię nadane przez moich rodziców... Ale nie zapomniałam imienia brata... W końcu, mając dziesięć lat, trafiłam do starszego bezdzietnego małżeństwa... Oni się mną zajęli... Potraktowali jak córkę i ofiarowali miłość... Dali mi też wykształcenie... Mogłam przyjechać do Ekwadoru studiować w Quito. Tam poznałam mojego męża...

- Próbowałaś odnaleźć swoją wioskę?

- Tak. Ale to było trudne... Nikt nie potrafił mi powiedzieć, gdzie zostałam znaleziona, a sama niewiele pamiętałam... Przez wiele lat szukałam, ale nigdy się tego nie dowiedziałam... Ludzie poumierali, powyjeżdżali, ... w międzyczasie była wojna... Potem przestałam... Miałam inne życie, ... dzieci, męża, tę hacjendę... inne sprawy były ważne...

- Buenos dias – Słyszymy nagle za plecami. Odwracamy się. W naszym kierunku zmierza Indianin od zepsutego koła. – Znów się spotykamy... Mówiłem... – uśmiecha się do mnie.

- Dzień Dobry, ponownie. – odpowiadam, - Znalazł pan to, czego szukał?

- Zdaje się, że tak... – mówi patrząc zauroczony na moją towarzyszkę. – Tak... jestem pewien, że tak...

- Buenos dias – Głos kobiety jest niepewny, nietypowy dla niej. Spoglądam na nią i widzę na jej twarzy dziwne podniecenie – Kim pan jest? Co pana tu sprowadza?

W tym momencie, patrząc jej prosto w oczy, mężczyzna mówi coś w nieznanym mi języku. Ona automatycznie, jakby bezwiednie odpowiada. Natychmiast się jednak reflektuje i dodaje po hiszpańsku:

- Nie przypuszczałam, że coś jeszcze pamiętam... Język mojego dzieciństwa... Kim pan jest?

- Wyglądasz dokładnie tak, jak nasza mama... Nareszcie cię odnalazłem... Pół wieku szukania... Opłaciło się... Jestem twoim bratem...

Siedzimy w wielkim salonie hacjendy popijając kawę z mlekiem. W kominku wesoło tańczy żółto-czerwony ogień. Wcześniej mężczyźni grali na trzech gitarach piękną lokalną nostalgiczną muzykę, której można słuchać i słuchać. Teraz, odnaleziony brat snuje swoją historię.

- Jesteśmy Indianami Eberá. W naszym języku, 'ēberá” oznacza człowieka miejscowego, rdzennego mieszkańca. Jeszcze w XIX wieku, Kolumbia, a także tereny dzisiejszej Panamy były zamieszkiwana prawie wyłącznie przez rdzennych mieszkańców Eberá i Guna... A potem przyszedł biały człowiek i zaczął niszczyć nasz świat. Początkowo traktowaliśmy białych jak bogów, którzy znów zeszli do nas z gwiazd i których od dawna oczekiwaliśmy. Myśleliśmy, że są przyjaciółmi. A oni przyszli po naszą ziemię i nasz las. Musieliśmy emigrować na inne tereny. Plemiona się rozpraszały. Nasze przeniosło się w pobliże granicy z Ekwadorem. Tam też urodziłem się ja, a potem moja siostra. Nasza mama zmarła przy jej porodzie. Pięć lat później, biali zastrzelili naszego ojca... na moich oczach... Natrafili na grupę naszych mężczyzn w lesie i chcieli nas złapać do niewoli. My mieliśmy tylko łuki, oni strzelby. Uciekliśmy, ale niestety, nasz ojciec nie miał szczęścia w tej potyczce... chociaż my Indianie patrzymy na sprawy śmierci inaczej niż biali. Miałem wtedy piętnaście lat. Byłem mężczyzną. Musiałem zaopiekować się siostrą. A ona pewnego dnia po prostu zniknęła... Potem dowiedziałem się, że ktoś widział grupę białych z indiańską dziewczynką... Ale ślad się urywał... Dowiedziałem się tylko, że to byli Anglicy... potem wybuchła wojna... Ale nie przestawałem szukać... Zajęło mi to ponad czterdzieści lat... I w końcu cię znalazłem, moja mała siostrzyczko... – to ostatnie zdanie mówi patrząc jej czule w oczy.

- Tak niewiele pamiętam. – mówi kobieta – Kwiaty we włosach kobiet... Motyle... śpiew... melodie... Tatę trzymającego mnie na rękach... twarzy nie pamiętam..., ale pamiętam ciebie, roześmianego, niosącego ryby, które właśnie złowiłeś... A potem był już tylko strach...

- Byłaś malutka... i taka wesoła, taka ufna, taka ciekawska... i taka niezależna... wciąż się śmiałaś i wciąż zadawałaś pytania... wszystko chciałaś wiedzieć... prosiłaś, żebym nauczył cię jak łowić ryby... Dla ciebie byłem mistrzem...

Jeden z gitarzystów nadaje ton i za chwilę włączają się dwaj pozostali. Tym razem muzyce towarzyszą słowa. Język hiszpański jest po prostu stworzony do śpiewu. Żaden inny język nie brzmi tak pięknie w piosenkach, jak właśnie hiszpański. Kiedy kończą, zwracam się do mężczyzny:

- Kim są Eberá? Jakie są wasze korzenie?

- Starzy ludzie opowiadają taką oto historię, która jest przekazywana od pokoleń: Na początku było tylko niebo, morze i dżungla. Pewnego razu, zstąpiła z nieba na ziemię Nasza Matka Tachi Nawe, aby żyć na plaży Baudó przy rzece Choco. Tam urodziła syna, Naszego Ojca, Tachi Ak'õre. Syn wciąż pytał swoją mamę, gdzie może spotkać kogoś, z kim mógłby się pobawić i porozmawiać. Czuł się samotny. W końcu powiedział: 'Mamo, ja stworzę ludzi.' Tachi Nawe odpowiedziała: 'Dobrze synu, stworzysz ludzi. Jednak pomyśl najpierw, jak to zrobisz.' I tak, Bóg Tachi Ak'õre rozpoczął swoje dzieło. Najpierw zbierał materiały potrzebne do przygotowania kukieł, które miały przeobrazić się w żywych ludzi. Lepił je z gliny i z trzciny brava. Kukły były różne, małe duże, ładne, brzydkie... Używał różnych surowców, dlatego jesteśmy różni..., bo tak właśnie nas stworzył... Kiedy kukły były gotowe, położył je obok siebie na plaży i o północy tchnął w nie życie. Powiedział im: 'Wstańcie, bo będziecie tacy jak ja.' Kiedy kukły ożyły, Tachi Ak'õre zobaczył, że wszystkie mają brązową skórę, więc postanowił je rozróżnić. W tym celu stworzył staw z odważną rybą (peces bravos) i nakazał swoim stworzeniom skakać od razu do wody jeden po drugim, zanim woda wyschnie. Nie wszyscy zrobili to w tym samym czasie. Ci, którzy wskoczyli najpierw, stali się białymi; ci, którzy później dostali ciemniejszy kolor metysów. Ebera skakała, gdy nie było dużo wody, więc nasza skóra jest miedziana. Ostatnimi, którzy skoczyli, kiedy staw już wysechł, byli Czarni, dlatego ich skóra jest tego samego koloru co błoto. Na koniec, w zależności od koloru skóry, Tachi Ak'ore dał każdemu ze swoich stworzeń inny język, aby mogli porozumiewać się nim na swój sposób. A wszystkie te języki zna i rozumie tylko Tachi Ak'ore... Tak narodzili się ludzie, rasy i języki. Jednak na początku stworzenia wszyscy zostaliśmy stworzeni w tym samym kolorze i mówiliśmy tym samym językiem, dlatego wszyscy jesteśmy braćmi.

Przez dłuższą chwilę wszyscy milczą.

- To interesujące, jak w wielu, zupełnie różnych sobie kulturach, zbieżne są wątki o stworzeniu człowieka i oczyszczającej mocy wody. - mówię

- My Ebera i podobne nam ludy, mamy swoją kosmowizję świata. Świat ducha i materii wzajemnie się przeplatają. Istoty, których nazwaliśmy bogami, przybyli z gwiazd, a ludzie potem dobudowali swoje własne historie. Dla nas, Ebera, największymi wartościami są: nasza przyroda, tradycja, solidarność i wzajemność. I oczywiście nasza wolność. Ale tobie, jako Polce, zapewne jest to bardzo bliskie. Wy też macie swoją 'Solidarność' i nie jest to nazwa przypadkowa. Tylko zgodne, wspólne działanie może pokonać kolosa.

- Od dziecka czuję... a właściwie to wiem, że jest coś więcej, niż ta tzw. Prawda, którą próbuje mi wmówić świat... Kiedy próbuję o tym mówić, o tym, co czuję, jak widzę... sny... jakby pamięć, poprzednich wcieleń... ludzie patrzą na mnie nieufnie... jak na Innego... Nauczyłam się milczeć na ten temat... Pierwszy raz spotykam kogoś, dla kogo to, co ja czuję, jest czymś naturalnym... kogoś, kto widzi to samo i tak samo...

- Bycie innym to zaszczyt. Bycie przeciętnym to klątwa. Świat zmieniają ci, którzy nie wpisują się w przeciętność. Myślą inaczej i postępują inaczej. Każda dusza ma swoją drogę do przejścia w tym życiu. Stwórca, nie tylko uczynił nas innymi, ale też dał nam wolną wolę. Dał nam wolność. Wolna wola oznacza, że - niezależnie od warunków, albo tzw. okoliczności losu, jak to wielu nazywa, - to my sami decydujemy o tym, jak przeżyjemy dane nam życie. Brak decyzji też jest decyzją.

- Jednak czemu tak często cierpią dzieci? – Bardziej stwierdziła niż zapytała moja gospodyni

- Kochana siostro, wszystko jest po coś... każde cierpienie pomaga nam wejść na ścieżkę przeznaczenia... Gdybyś była zwykłym przeciętnym dzieckiem o naturze niewolnika, zapewne zostałabyś niewolnicą... służącą w jakimś angielskim domu. Ale ty byłaś wolna... inna... pewnie mówili, że byłaś niegrzeczna... zbuntowana... nie wpisywałaś się w ciasną percepcję i sztuczne konwenanse... nie chcieli cię poznać, ani zrozumieć... chcieli cię wytresować... sprowadzić w dół do swojego poziomu ... Można być w niewoli, a wciąż pozostać wolnym. Bo Wolność jest w naszej głowie, sercu i duszy. Wolność to stan umysłu... I takimi właśnie uczynił nas nasz Stwórca.

Gdzieś obok znów zabrzmiały, lekko poruszane wprawnymi palcami, struny gitary.

Przechodzień

Powoli kieruje się w stronę budki ratowników. Jej sportowe buty zostawiają wyraźne ślady na mokrym o tej porze piasku. Jest wczesny niedzielny poranek. Plaża jest niemal zupełnie pusta. Gdzieś w oddali ktoś biega, a ktoś inny bawi się ze swoim psem. Fale oceanu leniwie przypływają i odpływają. Jakby od niechcenia. Spokój, cisza, szum fal i krzyk ptaków. Niebo wokoło, a w głowie piekło.

Po niskiej drabince zręcznie wdrapuje się na niewielką drewnianą platformę. Odkłada plecak, zdejmuje kurtkę, siada na niej i plecami opiera się o budkę. Zapala papierosa i w zamyśleniu patrzy na Pacyfik. Po jej policzkach spływają tak długo wstrzymywane łzy. Nie dni, nie tygodnie, nie miesiące... lata... Zawsze przecież musiała być taka silna. Odważna. Przedsiębiorcza. Wspierać innych i zajmować się innymi. Nie mogła sobie pozwolić na słabość. Jedni ją uwielbiali i podziwiali, inni zazdrościli i krytykowali. Rzadko jednak jakoś dostrzegał, jak bardzo jest w środku krucha i wrażliwa. Mała dziewczynka, która tak bardzo pragnęła miłości oraz tego, żeby ktoś wreszcie zdjął z jej ramion te ciężary bycia odpowiedzialnym za cały ten popieprzony świat. Przytulił i po prostu powiedział – Kochanie, masz mnie. Nie musisz już sama tego dźwigać. Jestem. Pozwól mi się tobą zaopiekować. Odpocznij i uśmiechaj się do mnie. – Tylko, że małe dziewczynki mają zwykle kochających tatusiów, którzy traktują je jak małe księżniczki. A ona nawet tego nie doświadczyła. Bohaterka rodziny... Zawsze dzielna, odważna, odpowiedzialna... A teraz?... Teraz okazuje się, że to, co przez pięćdziesiąt lat uważała za prawdę, runęło jak domek z kart. Bo czymże jest prawda? Złudzeniem. Jest niczym innym jak tylko tym, w co ktoś chce wierzyć. Każdy ma mnóstwo bajek, na różne tematy, które uznaje za najprawdziwszą, jedynie słuszną prawdę. I jest gotów za tę swoją bajko-prawdę walczyć i zabić każdego, kto się z tą jego bajko-prawdą nie zgadza. Boli, kiedy przychodzi konfrontacja i Los ściąga ciemną opaskę z oczu. Kiedy okazuje się, że bajko-prawda jest zwykłą gówno-prawdą, a wszystko, co było do tej pory i wydawało się solidne, tak naprawdę opierało się na kruchych glinianych nogach.

Gdzieś nad głową słyszy radosny skrzek mew. Spogląda na pobliskie molo wbijające się w ocean. Przed oczami pojawia się scena: - Idzie do końca pomostu, wchodzi na barierkę i skacze. Zanurza się w otchłani i nigdy już nie wypływa. I nareszcie jest koniec... Ale koniec czego? Ziemskich trosk? Śmierć to tylko uwolnienie z materialnej powłoki, a przecież świadomość żyje dalej, tylko w innej postaci i wymiarze. I już niczego nie możesz ani zmienić, ani naprawić. Śmierć niczego nie kończy.

Przechodzień

Z małej kieszonki plecaka wyjmuje specjalną saszetkową popielniczkę, do której wkłada niedopałek. Przez chwilę patrzy na wodę, wsłuchując się w rytmiczny szum fal, po czym zamyka oczy. Policzki wciąż są mokre, a łzy nie przestają płynąć. Spogląda w niebo. – Gdzie jesteś Ty, który nazywasz siebie Bogiem, a którego ja nazywałam Tatą?! I czy w ogóle jesteś? Bóg, którego nie ma... Niby Ojciec, dobry tatuś, a pozwala, żeby jego dzieci cierpiały... Czemu tak mnie doświadczasz?! Całe moje życie nie robisz nic, tylko dowalasz... Kim ty jesteś?!... Bo na pewno nie jesteś dobrem... Bawisz się ludzkim życiem... Odbierasz marzenia... Trzymasz ten swój pieprzony joystick i grasz ludzkim życiem... Fajną masz zabawę? Jeszcze ci mało?... Sprawdzasz, ile ktoś może wytrzymać?... To posłuchaj, Ty tam na górze... Mam dość! Słyszysz?! Mam dość tych Twoich gierek... Nie chcę takiego Ojca i już nie chcę, żebyś był... Kiedyś chciałam... Wierzyłam, że wszystko jest po coś i jest Twoja sprawiedliwość..., ale to wszystko gówno... nie ma żadnej sprawiedliwości... Zło wygrywa i śmieje się wszystkim w twarz... Gówniany Matrix stworzony przez i dla chłopców, których ktoś kiedyś nazwał bogami... A to wszystko jest tylko pieprzoną iluzją... snem na jawie... Waszą... Twoją zabawą... Tylko wiesz, co? Ludzie mają uczucia... A im bardziej wrażliwi i uczciwi, tym bardziej cierpią... Co, zapomniałeś? A może w ogóle nie wiedziałeś?... Błąd stworzenia... Nie przewidziałeś... chciałeś stworzyć istotę na swój obraz i podobieństwo i coś nie wyszło... Niechcący w tej istocie pojawiły się uczucia... I cierpienie... A teraz bawisz się tymi uczuciami... i sprawdzasz... – Gniew, który nią wstrząsał sprawia, że nieme łzy zamieniają się w głośny płacz. Patrzy w niebo i niemal krzyczy – Przestań! Słyszysz?! Przestań już bawić się moim życiem! Przestań mnie doświadczać. Ja już nie chcę... Mam dość! ... Zrób dla odmiany coś dobrego... Po prostu pomóż... – te ostatnie słowa wypowiada cicho ... Prawie szeptem... Spuszcza głowę, obejmuje kolana rękoma i tak skulona płacze.

Sama nie wie, ile trwa w takim stanie niebycia. Łzy płyną i płyną... I nawet nie próbuje ich powstrzymać. I znów pojawia się to uczucie tęsknoty za innym światem. Nie tym światem ziemskim, tylko innym. W innej rzeczywistości, wymiarze, czasie. Po raz kolejny czuje, że ona tu nie przynależy, że znalazła się tutaj przez pomyłkę... albo przez głupi kaprys jakiegoś chłopczyka-boga, który postanowił zabawić się jej kosztem.

Nagle czuje, czyjąś obecność. Podnosi zapłakaną twarz i widzi stojącego wysportowanego, jasnowłosego mężczyznę w średnim wieku, który uśmiecha się do niej przyjaźnie.

- Nie masz nic przeciwko temu, jeśli usiądę na chwilę obok ciebie i popatrzę na świat z twojej perspektywy. – Jest to raczej stwierdzenie niż pytanie. I zanim zdążyła odpowiedzieć, mężczyzna zręcznie wspina się po drabince i usadawia obok niej. Kobieta szybko ociera łzy. Próbuje się uspokoić.

Przez jakiś czas siedzą w milczeniu i obserwują spokojną taflę oceanu. Mężczyzna zdaje się nie zauważać jej łez. Kobieta ma nadzieję, że on szybko odejdzie, a ona znów będzie mogła wrócić do swoich myśli. Po chwili jednak uświadamia sobie, że jego obecność wcale jej nie przeszkadza. Ba! Ta obecność zdaje się być kojąca. Sprawia, iż zaczyna odczuwać wewnętrzny spokój. Złe myśli gdzieś odleciały i podążyły za krzykiem mewy ... A może tylko schowały się na chwilę, żeby potem uderzyć z podwójną siłą? Łapie się tej chwili... tej chwili błogiego spokoju i bezpieczeństwa.

- Ocean jest jak wnętrze człowieka. – Odzywa się nagle cicho mężczyzna. – Czasem jest dobrze i spokojnie, a czasem gniewnie i burzliwie. – Przerywa. Chwila zadumy. Po chwili jednak mówi dalej – Niewiele osób dostrzega, że ocean jest życiem i sam daje życie. Jego trwanie to ciągłe emocje. Mozolne pokonywanie skalnych przeszkód, ... walka z wiatrem ..., ale też od pewnego czasu, walka z człowiekiem. Jednak to on zawsze wygrywa. Wiesz, dlaczego? Nie dlatego, że jest wielki. Dlatego, że jest wytrwały. Wierny sobie. I chociaż jest samotnikiem, - to wojownik. I wszystko, co w nim żyje, to wojownicy.

- Ocean wojownikiem? Nigdy tak na to nie patrzyłam.

- Nie ty jedna. Ludzie myślą, że są panami tego świata... a są tylko zwykłymi przechodniami... Nie dostrzegają ducha natury. Nie dostrzegają, że ziemia żyje... oddycha... jest odrębnym bytem, tylko w innej niż ludzka, formie. Nie szanują tego, co otrzymali w darze.

- A czymże jest życie? ... Formą niewoli. Każdy jest niewolnikiem kogoś lub czegoś... myśli, zachcianek, przedmiotów, pieniędzy... niewolnikiem jakiegoś boga... Jeśli chcesz być wolny, to próbują cię złamać... wrzucić do swojego pudełka ograniczeń. Stajesz się ousiderem... innym... niechcianym... A jak nie zrobią tego ludzie, to zrobią ci tak zwani bogowie, którzy wrzucili nas do tego Matrixa i mają przednią zabawę... Skąd wiadomo, że nie jesteśmy ich zabawką?... zabawką tego, którego nazywamy Bogiem... Skąd wiadomo, że to całe życie, to nie jest sen na jawie... gra komputerowa kogoś tam na górze... a jedynym celem jest złamanie ciebie ... twojej psychiki... jaki to wszystko ma sens?

- Może jest tak jak mówisz, a może nie... Ludzie stworzyli wiele kłamstw i bajek, w które sami uwierzyli...

- Religia to też bajka. Bóg to bajka. A każda religia to sekta. Jedynym jej celem jest władza nad sercami, umysłami i duszami ludzi. I wbijanie ludzi w poczucie winy... grzechu... mieszanie ludziom w głowach... Odciąganie od natury i prawdziwej istoty życia... Odwieczne pytanie filozofów – czy to bóg stworzył człowieka, czy człowiek boga? – w jej głosie słychać złość.

- Ale ludzie lubią bajki. Chcą żyć w bajce i chcą wierzyć w swoje bajki. One dają im poczucie bezpieczeństwa, upraszczają i porządkują. – odpowiada łagodnie mężczyzna.

- Jednak życie to przecież coś więcej. Ludzie sprowadzają je do kwestii materialnych ... a przecież tak naprawdę, to w tym wszystkim chodzi o duchowość. O naukę miłości... do siebie i do innych... równowagę i spokój wewnętrzny...

- Spójrz na ocean. Spokojny, łagodny, przyjazny i piękny. I tak jest przez większość czasu. Ale potrafi też być groźny i wzburzony. Jest nieodgadniony jak dusza człowieka. Czasem targają nim burze. Ale burze mijają, a on trwa. Burza jest na powierzchni, spowodowana wiatrem, deszczem. Ale im głębiej, tym spokojniej. Dusza jest spokojem, a to Ego człowieka kreuje burze.

Kobieta milczy. Zaskakujące, że ten obcy mężczyzna mówi to, co ona też czuje i podświadomie wie od zawsze.

- Jest taka buddyjska opowieść o pewnym pierścieniu. – kontynuuje mężczyzna. – Otóż, był kiedyś młody cesarz, który nie potrafił radzić sobie z trudnościami. Kiedy w państwie działo się dobrze, cesarz radował się i świętował ponad miarę. Myślał, że tak już będzie zawsze..., że oto zwyciężył i nad wszystkim panuje, bo jest panem tego świata... panem życia i śmierci... Zapominał, że wszystko w życiu się zmienia... A kiedy przychodził trudny czas, cesarz bardzo się złościł. Nie chciał wyciągać lekcji z tego doświadczenia, ... obwiniał wszystkich dookoła ... zupełnie nie widział tego, że to jego decyzje doprowadziły do takiej sytuacji... Pytał swoich doradców, co ma robić. Oczekiwał odpowiedzi, ale tak naprawdę wcale ich nie słuchał... A oni bali się coś powiedzieć, bo łatwo mogli stracić głowę, jeśli coś, co mówili, nie podobało się cesarzowi. Byli uznawani za wrogów. W końcu doradcy wpadli na pewien pomysł. Podarowali cesarzowi pierścień i powiedzieli – Ten pierścień jest magiczny. W nim jest zawarta odpowiedź na wszystkie twoje pytania, Panie. – Zdumiony, ale też zaciekawiony cesarz wziął pierścień i zaczął go oglądać. Była to prosta obrączka bez żadnych ozdób i kamieni. Wewnątrz był wygrawerowany napis: - 'To też minie' - ... Od tej pory, kiedy było źle, cesarz już się nie złościł. Już wiedział, że cokolwiek się nie zdarzy, czy dobre, czy złe, to wszystko nie trwa wiecznie..., bo to też minie... i przyjdzie nowe... – mężczyzna na chwilę przerywa, po czym patrząc kobiecie prosto w oczy, mówi – Cokolwiek cię spotkało, pamiętaj, że to też minie...

- Już minęło..., ale zostawiło głęboki ślad... I wielkie rany... I tak trudno sobie z nimi poradzić... Tak trudno poradzić sobie z przeszłością.

- Twoja przeszłość nie należy już do ciebie.

- Jak to nie należy do mnie? Przecież to moja przeszłość. I ta moja przeszłość ma wpływ na mnie dzisiaj.

- Nie możesz jej zmienić. Ale to ty sama decydujesz o tym, co z niej weźmiesz.

- Tylko, że ta przeszłość wraca jak bumerang.

- Ktoś cię zranił – jasnowłosy rozmówca nie pyta, lecz stwierdza fakt. On wie.

- Tak. – odpowiada kobieta po krótkim wahaniu.

- Mężczyzna, którego kochałaś

- Wszyscy mężczyźni, których kochałam. Ale tego najbardziej. Nadal kocham... On też kocha... Boi się miłości... Jak mój ojciec...

- A ty?... Ty nie uciekasz przed miłością?

Kobieta milczy przez chwilę.

- Chyba tak... – mówi z wahaniem w głosie, - tak... chcę kochać, a jednak boję się miłości... odchodzę pierwsza, żeby czuć kontrolę.

- Uciekasz

- Chyba tak... tak, uciekam...

- Czemu?

- Bo On tam na górze, zabiera mi wszystkich, których kocham... Miłość boli.

- On ci niczego nie zabiera... A miłość daje szczęście.

- Przez chwilę... a potem jest tylko ból...

- Opowiedz mi o swoim ojcu...

- Tato... – zaduma w głosie, - facet, który zdeterminował całe moje życie. Każdy mój partner był w jakiś sposób podobny do niego. Każdy był inny, ale każdy tak samo niedojrzały. Z każdym musiałam przerabiać jakąś wersję tego mojego ojca...

- Jak go zapamiętałaś?

- Był wolny... To był naprawdę wolny facet. Idealista... Jakby nie z tego świata... Kochał życie, przyrodę, ludzi... Nie przywiązywał się do materii... Dużo się śmiał i wszystko obracał w żart. We wszystkim potrafił znaleźć coś pozytywnego. Cieszył się malutkimi na pozór rzeczami. Kiedyś tego nie rozumiałam. Teraz widzę, że sama taka jestem. Patrzę, jak kwiatek rośnie i serce mi się raduje. On właśnie taki był... Kiedyś myślałam, że był też cholernym egoistą i myślał tylko o sobie..., ale to nieprawda... ktoś mi to wmówił... mama... on się wszystkim dzielił i potrafił wszystko oddać innym... Był dobry... Po prostu żył tu i teraz i cieszył się każdą chwilą...

- A jak go zapamiętałaś jako dziecko?

- Najlepszy tato na świecie. – odpowiada bez zastanowienia – Zupełnie nie pamiętam mojej mamy z okresu dzieciństwa, ale zawsze był tato. To on mnie kąpał, czytał bajki na dobranoc, zabierał to teatru dla dzieci, do kina na poranki, gotował dla mnie i ze mną, chodził ze mną do kościoła, śpiewał, chodził na wywiadówki, odwiedzał na obozach i koloniach, a nawet przynosił kanapki do szkoły, jak zapomniałam... Każdego roku przed Bożym Narodzeniem, robił ze mną gwiazdki z papieru i łańcuchy na choinkę... To tato zaszczepił we mnie miłość do książek i do nauki. To on wciąż powtarzał, że jestem mądra i on we mnie wierzy. Zawsze traktował jak dorosłą. Czułam, że był, że mnie dumny... A jak zrobiłam coś, co inni potępiali, to mówił, że widocznie miałam swoje powody, że podjęłam taką nie inną decyzję... Dużo rozmawialiśmy... Z nim zawsze było wesoło... A jak już byłam dorosła, to zawsze pytał mnie o opinie. Szczególnie w sprawach polityki... – kobieta uśmiecha się do swoich myśli -

- Wygląda na to, że miałaś wspaniałego ojca. Nie każdy jest takim szczęściarzem.

- Niestety, była też ta mroczna strona. Niedojrzałość, nieodpowiedzialność, mentalność Piotrusia Pana i alkohol, ciągłe awantury z mamą... Krzyki... Uciekałam... Bałam się... Chociaż alkohol przyszedł później... A po alkoholu potrafił być agresywny i wulgarny... Ale nigdy w stosunku do mnie... Nigdy mnie nie uderzył... I nigdy na mnie nie krzyczał... Nie, nic z tych rzeczy... Po prostu więcej przeklinał... To przez alkohol odsunęłam się od niego. Nigdy też w dorosłym życiu nie przyciągnęłam faceta, który miałby skłonności do alkoholu... Może właśnie dlatego, że ojcu postawiłam takie granice... Powiedziałam, że nie będę tolerować jego zachowania i jeśli chce ze mną rozmawiać to tylko na trzeźwo... Ojciec pojawiał się i znikał... A ja czekałam... Emocjonalna huśtawka.... Długo to trwało zanim znów zaczęliśmy rozmawiać... Kilka lat... Mam wrażenie, że wstydził się przede mną i chyba bał ... Bał się, że odkryję, jaki jest słaby... A może po prostu szanował?... Nie ośmielił się zadzwonić do mnie albo spotkać ze mną, kiedy był po kielichu... – kobieta przez chwilę milczy w zadumie. - Jak tak teraz o tym myślę, to właśnie sobie uświadomiłam, że on bał się, że go odrzucę... Bał się odrzucenia. Tak... Mój ojciec bał się odrzucenia... – Powtarza to wolno, dobitnie, jakby zdziwiona, jakby właśnie zrozumiała coś bardzo ważnego. Przez chwilę zatapia się w swoich myślach, a nieobecny wzrok zdradza, że jej świadomość jest zupełnie gdzieś indziej.

- Przypływy i odpływy oceanu... Szczęśliwa dotykasz fal, a one nagle się cofają ... To, dlatego uciekałaś od miłości? Ty też bałaś się odrzucenia.

- Chyba tak... Tak

- Ale kiedy odważysz się wejść dalej, głębiej, to już nie czujesz odpływu. Są tylko przyjemne, łagodne fale otaczające cię z każdej strony. I już nie chcesz uciekać. I tak właśnie jest z dobrą miłością.

- Może masz rację... a może nie... W moim ostatnim związku dałam się ponieść miłości. Długo się opierałam, ale w końcu się otworzyłam. Przestałam kontrolować i uciekać. Weszłam w ten ocean miłości. I wiesz co? Nigdy w życiu nie zaznałam tyle szczęścia. Byłam pijana tym szczęściem.

- A mężczyzna?

- On też. Był szczęśliwy i kochał. Tylko, tym razem, to on się wystraszył miłości. Bo nie mógł kontrolować. Wycofał się i uciekł.

- Nie był gotowy. Ale jeśli naprawdę kochał, to wróci. Mężczyźni nie zapominają. Po prostu czasami potrzebują więcej czasu, aby coś zrozumieć.

- No, nie wiem... trzy miesiące później ożenił się z inną kobietą, którą poznał po naszym rozstaniu. I teraz znów może wszystko kontrolować.

- Ta kobieta, to tylko kolejny przechodzień w jego życiu. Widocznie czegoś musi doświadczyć, coś jeszcze zrozumieć. Trzeba dać czas czasowi i zaufać mądrości Wszechświata.

- Nie. To Ten tam Tatuś na górze, znów zabawił się moim życiem. I pewnie się teraz śmieje z radości, bo wygrał jakąś swoją kolejną grę. — w głosie kobiety znów wzbiera się gniew.

- To tak nie działa.

- Skąd wiesz? On mi wszystkich zabiera. Wszystkich, których kochałam. Nawet ojca mi zabrał.

- Nie zabrał. On dał.

- Naprawdę? – sarkazm jest aż nadto wyczuwalny, - Coś ci powiem... Mówiąc o ojcu powinnam była powiedzieć - Miałam kiedyś ojca. Był jaki był, ale był. Najpierw go kochałam, potem latami z nim nie rozmawiałam, wstydziłam się go i zwyczajnie wkurzał mnie jego styl bycia, a potem nauczyłam się go rozumieć i akceptować. Przyjaźniliśmy się... Kochałam go... Był jedną z najbliższych mi osób... a może nawet najbliższą... Kilka dni temu, zupełnie niespodziewanie... nagle... coś zrozumiałam... coś do mnie dotarło... to była informacja, którą usłyszałam w jakimś filmie... Najśmieszniejsze, że wiedziałam o tym wcześniej, ale nigdy nie brałam jej do siebie... Zwyczajnie nie myślałam o tym... nie zastanawiałam się... To tak, jakbym nie dopuszczała do siebie tej myśli. Jakby blokada mojej podświadomości. A teraz... teraz nic nie rozumiem i czuję się pogubiona... Pytam – dlaczego? Czemu ktoś tak perfidnie zabawił się moim życiem?... I summa summarum to ja zapłaciłam wysoką cenę ... zapłaciłam własnym życiem... – z oczu kobiety zaczynają płynąć łzy, jednak mężczyzna zdaje się ich nie widzieć.

- Jaka informacja?

- Mój ojciec miał grupę krwi '0'... ja mam 'AB'... ojciec z grupą krwi '0' nie może mieć dziecka z grupą krwi 'AB' ... Mój ojciec nie był moim ojcem ... Człowiek, którego przez pięćdziesiąt lat uważałam za swojego ojca, nie był moim ojcem.... przy ostatnim zdaniu głos kobiety zupełnie się załamuje. Schyla w dół głowę, a wielkie jak groch słone krople spadają z góry na suche deski platformy.

- A jednak był – mówi cicho rozmówca.

- Wszystko było kłamstwem. Wszystko jest kłamstwem. Cały ten świat jest jednym wielkim kłamstwem. Jedna wielka gówno-bajka.

- Czemu nie chcesz zaufać?

- Zaufać? Komu mam zaufać? Wszyscy, którym zaufałam, odeszli i poranili. Powbijali sztylety w serce i zostawili rany, które nie chcą się zabliźnić.

- Zaufać mądrości wszechświata. Te blizny, to twoja siła i mądrość.

- Te blizny to moje więzienie.

- Jeśli pozwolisz, aby ból przeszłości przedostawał się do twojej przyszłości, to zawsze będziesz więźniem przeszłości. Naprawdę chcesz być więźniem przeszłości? To twój wybór. Jednak nie zaznasz spokoju, jeśli wciąż tkwisz w przeszłości.

- Ale ta przeszłość jest wciąż we mnie. Wciąż wraca. Wciąż się manifestuje.

- Problemy i doświadczenia z przeszłości są ciężkie tylko dopóki je trzymasz. Odpuść. Jeśli odpuścisz wszystko, co należy do przeszłości, wtedy będziesz mogła cieszyć się chwilą obecną.

- Tak mówiłam mężczyźnie, który mnie zostawił.

- To czemu sama tego nie robisz?

- A jak byś się czuł, gdybyś dowiedział się, że twój ojciec nie był twoim ojcem?

- Ależ on był twoim ojcem.

- Ok…. wychował mnie… Ale tak naprawdę to był jakiś obcy facet.

- Naprawdę obcy? – mężczyzna uśmiechnął się łagodnie, - Nie dalej jak kilka minut temu, opowiedziałaś mi o najwspanialszym ojcu na świecie. O ojcu, który mimo swoich słabości, kochał cię miłością bezwarunkową, absolutną, wspierał, szanował i był z ciebie dumny. Opowiedziałaś mi też o mężczyźnie, który chociaż cię zostawił, bo nie był gotowy na wasz związek, to jednak kochał cię i dał ogrom szczęścia, którego wcześniej nie zaznałaś. Dzięki ojcu, jesteś tym, kim jesteś dzisiaj. Piękną mądrą kobietą, o wspaniałej duszy. Dzięki temu mężczyźnie, wiesz, jak smakuje miłość. Weszłaś do oceanu i poczułaś jego ciepło i piękno. Zobacz, ile wspaniałych zdjęć zgromadziłaś w albumie, który masz w swojej głowie. Spójrz na ocean. Ludzie wrzucają do niego tony śmieci. A on je wyrzuca i zostawia tylko to, co sam chce zostawić. I dlatego jest piękny.

Kobieta milczy w zadumie.

- Ale co zrobić z bólem? – pyta po chwili spokojnym już głosem. - I co zrobić, żeby to, co było, już się nie powtórzyło?

- Wybaczyć i odpuścić. Ludzie patrzą w przeszłość na to, co stracili, a nie na to, co mieli. Należy patrzeć na to, co mieliśmy a nie na to, co straciliśmy. Skąd wiesz jaki byłby twój biologiczny ojciec? A może właśnie dostałaś najlepszego ojca, którego wybrał dla ciebie 'ten tam na górze', jak go nazywasz? Może mężczyzna, którego kochasz, miał ci pokazać, czym jest miłość i otworzyć na coś jeszcze lepszego, co wkrótce przyjdzie, jak tylko będziesz gotowa. Pokazać ci, że nie powinnaś bać się miłości. Masz piękny album ze wspomnieniami i tego się trzymaj. Chroń go i zaglądaj tam jak najczęściej. Pielęgnuj dobre wspomnienia.

Przechodzień

Kobieta milczy. Jest już spokojna. Patrzy na leniwy ocean i pogrąża się w swoich myślach. Uśmiecha się.

- Ludzie są tylko przechodniami w naszym życiu. – słyszy glos mężczyzny - Nasi partnerzy, znajomi, nieznajomi, nawet nasi rodzice i rodzeństwo. Zostają dłużej lub krócej, czasem pojawiają się na krótką chwilę. Każdy z nich ma inną rolę do spełnienia. Każdy z nich ma nas czegoś nauczyć, coś pokazać, może wskazać kierunek. Często denerwujemy się na tych, którzy według nas zrobili nam coś złego, skrzywdzili. A przecież oni tylko pomogli nam wzrosnąć, czegoś doświadczyć, coś zrozumieć. Dusza jest wolna. To my decydujemy o tym, jakie emocje wpuścimy do naszego życia. Często nasz gniew na kogoś, to jest gniew na samego siebie. Na coś, z czym nie potrafimy, albo raczej nie chcemy sobie poradzić..., bo nie chcemy zrozumieć. Nauczyć się czegoś... Gniew i agresja często wynikają ze strachu. To my decydujemy o tym, kogo wpuszczamy do swojego życia. Jeśli martwisz się o przeszłość, to nie możesz skupić się na teraźniejszości i na chwili obecnej. Żyj tu i teraz. I podziękuj tym wszystkim przechodniom, że zechcieli być częścią twojego życia, chociaż przez krótką chwilą. Żyj, kochaj i bądź szczęśliwa. To właśnie jest sens życia.

Po tych słowach mężczyzna wstaje i zręcznym ruchem pokonuje schodki w dół zeskakując na piasek.
- Już idziesz? – pyta kobieta
- Już czas.
- Kim jesteś? Jak masz na imię?

- Powiedzmy, że jestem tylko przechodniem. – uśmiecha się przewrotnie jasnowłosy mężczyzna.

- Dziękuję... dziękuję, że zechciałeś być częścią mojego życia, chociaż przez krótką chwilą, Przechodniu.

Kobieta spokojnie obserwuje jak blondwłosy mężczyzna odchodzi wolnym krokiem. Jakiś psiak podbiega do niego i radośnie machając ogonem skacze wokół jego nóg, a on zaczyna go pieszczotliwie głaskać. Jej wzrok wędruje w stronę oceanu ginącego za horyzontem. Po chwili spogląda w górę ku niebu. Uśmiecha się.

- Dziękuję... dziękuję, że jesteś... Tato...

Mały gest

Późne sobotnie popołudnie. A może wczesny wieczór. Na dworze mrok, chociaż przecież nie jest jeszcze aż tak późno. Od rana jestem w drodze. Od spotkania do spotkania. Zjeżdżam z autostrady. Zatrzymuję się na światłach. Przez otwarte okno widzę żebrzącego bezdomnego. Starszy, niechlujnie ubrany pan. Obok niego leżą na ziemi jakieś pakunki z jego skromnym dobytkiem, małe rozkładane rybackie krzesełko bez oparcia oraz tekturowa tabliczka z napisem - HOMELESS VETERAN.

Obrazek jakich wiele, tu w południowej Kalifornii. Szacuje się, że w samym tylko Los Angeles jest ok 8tys. bezdomnych weteranów, a w San Diego ponad tysiąc. W całych Stanach jest ich około 50 tysięcy. Najwięcej z nich, właśnie w Kalifornii (ponad 12 tys.). Nie są groźni. Raczej pogodzeni ze swoim losem. I dużo w nich pokory. Czasem, kiedy zaczynasz z nimi rozmawiać, słyszysz rzeczy, które sprawiają, że łzy same napływają do oczu. I zaczynasz się zastanawiać... myśleć... spoglądać w siebie... Ot, takie proste życiowe mądrości oparte na doświadczeniu oraz nie zawsze łaskawym życiu.

Bez zastanowienia szybkim, zdecydowanym ruchem otwieram schowek w samochodzie. Sięgam po wszystkie przekąski, które rano ze sobą wzięłam, wiedząc, że nie będę miała czasu na posiłek. Chciałam je za chwilę zjeść, bo w brzuchu grało niczym orkiestra wojskowa, ale to już nie miało znaczenia.

- Excuse me, Sir... – mężczyzna odwraca się i w milczeniu, spogląda na mnie pytająco – Please take it, (Proszę to wziąć) - podaję mu banana, jabłko, mandarynki, własnoręcznie zrobione kanapki, jakieś krakersy oraz serek Chobbani zapakowany w torebkę wraz z serwetką i jednorazową łyżeczką. Podaję również butelkę dodatkowej wody, którą zawsze wożę w aucie.

- Thank you very much... God bless you – mówi oglądając to, co dostał.

- I Ciebie również.

- That's your lunch (To twój lunch) – mówi do mnie zdziwiony.

- That't OK. Może Bóg chciał, abym przywiozła to właśnie Tobie. – Uśmiecham się.

Mężczyzna spojrzał na mnie mądrymi, przenikliwymi oczami.

- Wiesz, ludzie zwykle dają pieniądze, kanapki z Mc Donald's albo resztki swojego posiłku, który zabrali w pudełku z restauracji. Próbują uciszyć swoje sumienie i poczuć się lepiej w swoich własnych oczach. A ty dałaś coś od serca, spontanicznie. To się nazywa Miłość. Teraz ty będziesz głodna, bo oddałaś mi swój posiłek. – mówiąc to wyciąga w moim kierunku rękę z otrzymanym właśnie posiłkiem, jakby chciał go zwrócić. Przecząco kręcę głową w geście odmowy. - To jest właśnie ta miłość, której nauczał Jezus, a której ludzie zamknięci w różnych kościołach i religiach, nie rozumieją. – mówi mężczyzna w zamyśleniu. - Już ci nie powiem 'God bless you', bo ty już Boga odnalazłaś i zrozumiałaś Jego naukę. ... Miłego wieczoru i dziękuję. – Wciąż patrząc tym swoim przenikliwym wzrokiem w moje oczy, uśmiechnął się delikatnie, ale tak jakoś ciepło.

Słyszę za sobą dźwięk klaksonu. Nie zauważyłam, kiedy światło zmieniło się z czerwonego na zielone. Uśmiecham się do mężczyzny, machałam ręką i odjeżdżam w swoją stronę. Czuję, jak po policzku spływa mi łza...

Jeden Dzień

Jest w moim życiu taki jeden dzień, który, mimo upływu wielu, wielu lat, mocno zapadł w mojej pamięci. Byłam wówczas nastolatką, a wciąż wydaje się, jakby to było wczoraj.

Niedziela rano. Jestem w domu tylko z młodszą o dwa lata siostrą. Mieszkaliśmy w jednej z podwarszawskich miejscowości. Mama, pracowała po drugiej stronie Warszawy, gdzie prowadziła restaurację. Poprzedniego dnia organizowała wesele i nie wróciła na noc. Tato już wtedy z nami nie mieszkał. Byłyśmy z siostrą same. Siostra jeszcze spała.

Jak to zwykle w niedzielę rano, włączyłam telewizor, aby obejrzeć Teleranek, który miał się zacząć o godz. 9.00. Potem miałam pójść do kościoła na mszę dla młodzieży. Spojrzałam w ekran i zobaczyłam przemawiającego generała Jaruzelskiego. Miał okulary i był w mundurze. Nie słuchałam tego, co mówi. Jego słowa jakby przelatywały obok moich uszu. Przełączyłam na drugi program... Nic... Znów wróciłam na 'jedynkę'... znów na 'dwójkę'... Prawdę mówiąc, pomyślałam, że telewizor nam się popsuł... znowu 'jedynka'...

Tym razem, cały czas stojąc przed telewizorem, zaczęłam słuchać ... Wolno wypowiadane patetycznym tonem słowa, zaczęły docierać do mojej świadomości...

'Obywatelki i obywatele Polskiej Rzeczypospolitej Ludowej!

Zwracam się dziś do Was jako żołnierz i jako szef rządu polskiego. Zwracam się do Was w sprawach wagi najwyższej. Ojczyzna nasza znalazła się nad przepaścią. Dorobek wielu pokoleń, wzniesiony z popiołów polski dom ulega ruinie. Struktury państwa przestają działać...'

Pamiętam, że w tym miejscu zaczęłam się cała trząść. Gardło miałam ściśnięte tak, jakby mi tam ktoś włożył w całości jakieś jabłko.

'Wielki jest ciężar odpowiedzialności, jaka spada na mnie w tym dramatycznym momencie polskiej historii. Obowiązkiem moim jest wziąć tę odpowiedzialność – chodzi o przyszłość Polski, o którą moje pokolenie walczyło na wszystkich frontach wojny i której oddało najlepsze lata swego życia. Ogłaszam, że w dniu dzisiejszym ukonstytuowała się Wojskowa Rada Ocalenia Narodowego. RADA PAŃSTWA, W ZGODZIE Z POSTANOWIENIAMI KONSTYTUCJI, WPROWADZIŁA DZIŚ O PÓŁNOCY STAN WOJENNY NA OBSZARZE CAŁEGO KRAJU!...'

Z oczu popłynęły mi łzy. Bałam się. Boże, jak ja się wtedy bałam... W uszach brzmiało tylko jedno słowo - WOJNA... Nawet teraz jak piszę o tym wydarzeniu, to tamte emocje wracają jakby to się działo teraz, dzisiaj... Przed oczami zobaczyłam wojnę... I ten szalony potok myśli... Boże! Co my teraz zrobimy? Co będziemy jeść? Jak przetrwamy? Co będzie, jak Rosjanie przyjdą... a może znowu Niemcy?... Moja wyobraźnia podsuwała mi najstraszniejsze sceny z wojennej pożogi. Całe moje pokolenie zostało wychowane na wojennym etosie. Filmy, lektury, opowieści... a nawet życie codzienne. Chociaż urodziliśmy się wiele lat po wojnie, to potrafiliśmy ją czuć, wiedzieliśmy o niej wszystko... i baliśmy się bardzo.

Rzuciłam się do zawieszonego w przedpokoju telefonu, żeby zadzwonić do mamy. Głucho. Brak sygnału... Boże, co teraz będzie? A jak ją zabili? Przecież to WOJNA... Tylko to słowo wwierciło się w moją głowę...

Wróciłam do pokoju. Stałam jak sparaliżowana przed tym telewizorem. Cały czas się trzęsłam i płakałam. Wysłuchałam tego przemówienia chyba z dziesięć razy. A im dłużej słuchałam, tym bardziej się bałam...

Po jakiejś godzinie przyjechała mama. Była bardzo wystraszona. Aby dojechać do domu, musiała przejechać przez całe miasto. Mówiła o czołgach, żołnierzach i milicji... Potem powiedziała, że nie wiadomo, co będzie, a ona musi pracować, więc powinnam o pewnych sprawach wiedzieć, i.... pokazała mi wszystkie swoje skrytki, w których chowała oszczędności ... Prawdę mówiąc, to w życiu bym takich skrytek nie wymyśliła...

Potem już było jak było. Telefon włączyli nam następnego dnia. Podobno ktoś tam w centrali w mojej miejscowości, zrobił to przez pomyłkę, a że centrala była mega-przestarzała, to coś tam nie zadziałało i nie mogli jej ponownie wyłączyć. Ile w tej historii było prawdy, tego nie wiem, ale fakt jest taki, że podczas, gdy Warszawa miała telefony wyłączone, my, w naszej okolicy, mogliśmy z nich swobodnie korzystać. No, może nie aż tak bardzo swobodnie, bo wkrótce też słyszeliśmy w słuchawce – *'rozmowa kontrolowana'*... Ale ten strach dnia pierwszego, będzie ze mną już chyba do końca życia. Bo nigdy wcześniej ani nigdy potem, tak bardzo się nie bałam, jak wtedy, 13 grudnia 1981 roku.

Paradoksalnie, jakiś czas później, okazało się, że ten strach dnia pierwszego, dał Polakom siłę, aby zawalczyć o wolność i zmienić mapę Europy. A za nami poszli inni.

Drzewo

Rosło sobie drzewo. Piękne, zielone, zdrowe, silne. Wolne. Lubiłam na nie patrzeć. Lubiłam pod nim siadać. Lubiłam się do niego przytulać. Lubiłam jego spokój. Było jak ja. Niezależne, wolne, szczęśliwe. I chociaż ukorzenione w ziemi, To Drzewo było jak ptak. Latało w przestworzach niesione powiewem wiatru i sięgało nieba. Sięgało gwiazd.

I pewnego dnia człowiek zdecydował, że drzewo ma za dużo gałęzi, że przeszkadza, że należy te gałęzie przyciąć. I patrzyłam jak inny człowiek te gałęzie okrutnie i brutalnie rżnie mechaniczną piłą. Gałęzie niczym łzy spadały z hukiem na ziemię. A po moich policzkach płynęły łzy milczenia. Czułam ból tego drzewa. I czułam jego milczący krzyk. Moje serce ściskał ból odcinanych skrzydeł i zabieranej wolności. Czułam jedność z tym drzewem. Byłam tym drzewem. Ból tego drzewa był moim bólem fizycznym i psychicznym. Stałam, patrzyłam w milczeniu, w milczeniu płakałam i w milczeniu cierpiałam.

I przyszła moja córeczka. I też zaczęła płakać. I mówi – Mama, to drzewo cierpi. Czuję to. Ono płacze. Serce mnie boli. Dlaczego oni to robią?

Przytuliłam ją w milczeniu. Bo jak wytłumaczyć dziecku, że Ego człowieka chcącego wszystko kontrolować, niszczy piękno Życia podarowanego przez Stwórcę. Odbiera Wolność i zamyka w ciasnych klatkach Kontroli i Niewoli umysłu. Sprowadza do roli podwórkowej kury zapatrzonej w ziemie i dziobiącej swoje robaczki. Żyjącej w iluzji bycia orłem. Jak wytłumaczyć dziecku, że Buta i Pycha człowieka odrzucają i niszczą to, co w nim samym najpiękniejsze - Miłość Absolutną.

Stwórca dał człowiekowi wybór – Niebo lub Piekło, Śmierć lub Życie, Dobro lub Zło. I pokazał czym to Niebo, Życie i Dobro są. Bo to jest właśnie Miłość Absolutna. Do wszystkiego i do wszystkich. A wszystko jest Jednością. Miłość Absolutna to Wolność i Akceptacja. Ale też Pokora i Wdzięczność. I to wszystko jest w sercu, a nie w głowie. Serce to Dusza. Głowa, to zimny komputer przetwarzający dane. Tylko niektórzy o tym zapomnieli. I wciąż mocują się z Ojcem. Stawiają siebie ponad Nim. Próbują przechytrzyć. Kontrolują. Kalkulują. Dzielą. Osądzają. Odbierają Wolność. Podcinają innym skrzydła. I zadają ból... innym, ale też sobie. Bo żyją nie swoim życiem. Nie tym życiem, które wybrał dla nich Ojciec, aby po prostu byli szczęśliwi. Odrzucają Dar Miłości. Wybierają Mrok. Stają się martwi za życia. Jak to piękne drzewo, któremu ktoś postanowił zabrać jego wolność, siłę, piękno i światło.

Jednak Drzewo odrodzi się kiedyś. Bo jest silne i wolne swoją wolnością. Nie zna kontroli i nie zna nienawiści. Kocha. I po prostu Jest. Człowiek, który wybrał Mrok, Kontrolę i Mocowanie się ze Stwórcą, nigdy nie zobaczy prawdziwego światła. Nigdy nie zazna smaku prawdziwej Wolności. Nigdy nie doświadczy tego, czym jest wewnętrzny spokój i uczucie bezgranicznej Miłości. Nie zrozumie, czym naprawdę jest Prawdziwe Szczęście. Na zawsze już pozostanie podwórkową kurą z kurnika, dziobiącą swoje robaczki pod pięknym, wolnym Drzewem. Kurą, słuchającą piania jakiegoś koguta i śniącą sen orła. Ale kura, nigdy nie wzbije się wysoko. Nigdy nie usiądzie na gałęzi tego Drzewa. I nigdy nie poleci do gwiazd. Nigdy nie pozna czym jest Wolność prawdziwa.

Drzewo kiedyś odrośnie. Kura kiedyś straci swoją głowę, którą jakiś inny człowiek postanowi odciąć jednym cięciem. Bo tak zdecydował. Tylko nad kurą, nikt nie zapłacze. Zostanie zjedzona na obiad. A Drzewo, dalej będzie wzrastało w górę, rodziło nowe zielone liście, grało wespół z wiatrem, swoją piękną szumiącą muzykę, dawało schronienie i cień. I będzie dzieliło się swoim kojącym spokojem, tak różnym od kurzego gdakania i jazgotu. Będzie dzieliło się swoją Ciszą, w której człowiek odpocznie i usłyszy siebie.

Dwa lustra

Mówi się, że oczy są oknem duszy. I patrząc komuś w oczy, możesz zobaczyć prawdziwą osobę. Możesz spojrzeć w jej duszę. Bo oczy, tak jak i serce, nie kłamią. Ale zdarza się, że patrząc w czyjeś oczy, możesz zobaczyć tam siebie. Odbić się w czyichś oczach jak w lustrze. Zobaczyć tam swoje światło i swój cień. Mówi się wtedy, że właśnie spotkały się dwa bliźniacze płomienie. Jedna dusza w dwóch ciałach. Dwie połówki tego samego jabłka.

I zdarzyło się, że pewien przyjaciel podarował mi dwa stare, być może starsze ode mnie, identyczne lustra. Były w kiepskim stanie, choć piękne. Widać było, że sporo przeszły, wiele historii widziały i niejednym oczom służyły. Przyjęłam prezent z wdzięcznością i postanowiłam przywrócić im dawny blask. Odmłodzić je. Najpierw zajęłam się pierwszym lustrem. Zdjęłam ramę, wyczyściłam papierem ściernym, pomalowałam, wymieniłam deseczkę z tyłu. Synek powiesił na ścianie. Drugie lustro, przez rok stało zapomniane za kanapą. Aż któregoś dnia poczułam, że czas je także odmłodzić. Czyściłam ramę tak mocno i z takim zapałem, że aż mnie ręce bolały. Ale zrobiłam to. I byłam dumna ze swojej pracy. Wiszą teraz na dwóch sąsiednich ścianach, a jedno odbija drugie. Jak dwa bliźniacze płomienie. Jak dwie połówki jabłka. I szczęśliwe, opowiadają sobie swoje historie, ciesząc się z bycia razem.

Lustro jest czymś magicznym. To jakby brama do innego świata. Patrzysz w nie, codziennie. Ale czy naprawdę widzisz w nim siebie prawdziwego, czy tylko kogoś, kogo chcesz widzieć? Czy widzisz siebie prawdziwego, czy aktora? Postać, którą grasz? Spójrz w swoje oczy i poczuj, co w nich zobaczyłeś. Światło czy Mrok? Prawdę czy Fałsz?

Szklanka z wodą

Dochodzisz do ściany. Ból jest nie do wytrzymania. Czujesz, że jeśli czegoś nie zrobisz, to eksplodujesz. Wszystko, co skrywane przed światem, wrze w środku jak ukrop. Po policzkach samoistnie spływają niekontrolowane łzy. Krzyczysz – Boże, ile jeszcze!!! Czemu znów mi to robisz?!!! Czemu mnie nie kochasz?!!! Czemu znowu ja?!!!

Sięgasz po wino i robisz, coś, czego zwykle nie robisz. Chociaż dobrze wiesz, że alkohol nie jest odpowiedzią. Ani tym bardziej rozwiązaniem. Czujesz jednak, że tego chcesz, potrzebujesz. Wiesz, też, że alkohol pozwala się otworzyć. Wyrzucić to całe bolące gówno. I nieważne, czy ktoś słucha naprawdę, czy przez grzeczność, i czy rozumie to, co mówisz. Najważniejsze, że mówiąc, zaczynasz czuć uwolnienie. Jakbyś zrzucała z serca tony brudnego gruzu. Mówiąc głośno i szczerze, tak naprawdę zaczynasz rozmawiać sama ze sobą. Mimo wypitego alkoholu, coś zaczyna się klarować, zaczynasz patrzeć na pewne sprawy inaczej. Nogi się plączą, język się plącze, oczy widzą podwójnie a nawet poczwórnie. I wciąż te łzy.

Ktoś się tobą zaopiekował. Zabiera w nocy na spacer nad ocean. Patrzysz w kuszącą czarną otchłań wody i pragniesz się w niej zanurzyć. Na zawsze. Potem ktoś zmusza Cię do zjedzenia gorącej, pikantnej, meksykańskiej zupy. Zabiera do mieszkania. Kładzie na łóżku w oddzielnym pokoju. Na szafce stawia szklankę z wodą i pozwala zasnąć. Rozumie.

Budzisz się w nocy. Cisza dookoła. Zaczyna boleć głowa. Chce się pić. Sięgasz po stojącą obok wodę i ciepło myślisz o osobie, która ją tam dla ciebie zostawiła. Natrętne myśli wracają. I znów te łzy. I myśli. Tuż przed świtem zasypiasz na chwilę. Potem znów są łzy. Ale w samotności. Kiedy nikt już nie widzi. Myśli zaczynają przybierać inny kształt. I nagle uświadamiasz sobie, że z każdą spływającą łzą, jest jakby lżej. Powoli przychodzi spokój. Zrozumienie. Ból mija. Błogosławieństwo Katharsis.

79

Szklanka z wodą

Przyjaciel

I zdarzyło się, że w konarach drzewa obok mojego tarasu zamieszkał przyjaciel. Piękny ptaszek o cudnym głosie, który dzień i noc śpiewał swoje radosne opowieści płynące z serca i wyśpiewywane sercem. Opowiadał o życiu, o duszy, o miłości, o tym co na ziemi i w niebie. Towarzyszył mi zawsze, kiedy uśmiech na twarzy gościł i kiedy melancholia czasem przychodziła, rozwiewając ją swoimi radosnymi trelami. A ja pisałam wiersze i swoje bajki o życiu. Nazywałam tego śpiewaka moim przyjacielem. I tak się uzupełnialiśmy niczym sekretni kochankowie. On śpiewał, a ja przelewałam jego pieśni na papier. A może to on wyśpiewywał to, co ja pisałam.

Jednak pewnego dnia przyjaciel zamilkł. Zniknął. I zrobiło się cicho i jakby smutno bez jego pięknej muzyki. Drzewa dalej tańczyły z wiatrem niczym para kochanków w miłosnym uścisku. Wiewiórki skakały zwinnie z gałęzi na gałąź prześcigając się w tej zabawie. Czasem wysoko na niebie przeleciał klucz dzikich gęsi. Liście pożółkły i pojawiły się nowe, jasnozielone. Dzień stał się dłuższy, a potem krótszy, a potem znów dłuższy. Ja dalej pisałam wiersze i bajki o życiu, ale już inaczej. Brakowało śpiewu miłości i radości mojego skrzydlatego towarzysza. Brakowało jego uśmiechu, którym okraszał każdą swoją pieśń. Często o nim myślałam przez ten rok. – Komu teraz śpiewasz przyjacielu? I czy dobrze ci tam, gdzie jesteś?

I pewnego dnia znów go zobaczyłam w konarach drzew. Przyjaciel wrócił do domu. Zmęczony podróżą, ale szczęśliwy. Widać było, że sporo przeszedł, jednak odzyskał swoją wolność. I odzyskał swój głos. I wrócił jakby bardziej dorosły. Z początku jego śpiew był nieśmiały. Jakby zastanawiał się, czy zechcę słuchać historii, które tak bardzo chciał mi wyśpiewać. Opowiadał o bólu, tęsknocie, miłości. O tym, co w duszy i o tym co w trawie. O tym, co na ziemi i w niebie. Jednak z każdym dniem jego głos stawał się mocniejszy, pewniejszy siebie, a pieśni coraz radośniejsze, ale też jakby dojrzalsze.

I został tak już ze mną i przy mnie. Ja piszę to, co on wyśpiewuje, a on śpiewa o tym, co ja napiszę. I taka jest ta nasza przyjaźń. Oparta na wolności. Bo czasem trzeba odlecieć na inne drzewo, żeby zrozumieć, gdzie tak naprawdę jest twój dom i szczęście. A zielonolistne gałęzie, po których skaczą figlarne wiewiórki, tańczą radośnie swój piękny taniec miłości, w uścisku z ciepłym wiatrem.

Przyjaciel

Powrót do domu

I zdarza się w życiu tak, że któregoś dnia rozglądasz się dookoła siebie i myślisz:

- Co ja tu robię? Brakuje mi powietrza, przestrzeni. Jakby mi ktoś podcinał skrzydła. I nie mogę ich rozłożyć. Jestem wśród ludzi, którzy zamiast mnie wspierać, obgadują i ściągają w dół. Niby nazywam ich przyjaciółmi, ale czy rzeczywiście są to przyjaciele? I te wszystkie rozmowy o niczym. Robię różne rzeczy, których nawet nie lubię. Jakby to nie było moje. Jakby to nie był mój świat. A moja dusza rwie się do czegoś innego, piękniejszego, wspanialszego. Tylko gdzie jest ten mój dom?

Witaj Brzydkie Kaczątko! Właśnie znalazłeś się na nie swoim podwórku. I choć jesteś królewskim ptakiem, wygrzebujesz z ziemi robaki razem z innymi kurami i próbujesz gdakać jak one, chociaż to nie Twój język. Zamiast pływać po pięknym czystym stawie w królewskim ogrodzie, babrzesz się w czworakowym, zaściankowym błotku. Zamiast wzbić się wysoko w niebo, wzlatujesz na wysokość kurzego płotu. Zamiast przytulać się z miłością do królewskich ptaków, słuchasz piania butnych kogutów.

I co z tym zrobisz Kaczątko? Może już czas przypomnieć sobie kim jesteś, piękne królewskie dziecię? Czas przejrzeć się w krystalicznej tafli jeziora swojej duszy. Czas zobaczyć swoje własne piękno. Może już czas zostawić to brudne podwórko, które nie jest Twoim światem? Może czas już rozłożyć swoje piękne skrzydła i poszybować wysoko, wysoko. Sięgnąć nieba. Sięgnąć po swoje marzenia. Wystarczy tylko wyciągnąć rękę. Co zrobisz, Kaczątko?

– Lecę. Tak, już wiem kim jestem. To nie był mój świat. To nie był mój kostium. To nie był mój staw. To nie było moje życie. Lecę. Rozpościeram moje ogromne, piękne, białe skrzydła. Lecę. Lecę wysoko. Coraz wyżej. I wyżej. Najwyżej. Ależ cudny jest świat z tej wysokości. I tak inaczej widać. Więcej. I tak wielu tu kochających mnie i wspierających braci i sióstr. Jak dobrze być sobą. Jak dobrze być na swoim miejscu. Jak dobrze być w swoim pałacu. Wróciłem do domu. Dziękuję.

Lekarstwo

Umieram – powiedziała dziewczyna do chłopca.

Chłopak milczał. Jego twarz była zimna i nieporuszona. Łzy napłynęły do oczu dziewczyny.

- On jest potworem – pomyślała smutno i w myślach z Miłością przytuliła potwora do swojego serca.

- Jestem potworem – pomyślał On, a w ciężkim sercu poczuł bolesne ukłucie.

Dziewczyna spojrzała w jego oczy. Zobaczyła tam Smutek, Ból i Strach. Ale kiedy spojrzała jeszcze głębiej, zobaczyła Miłość.

- Dbaj o siebie – powiedziała dziewczyna z troską, kładąc dłoń na jego policzku. – Bądź zdrowy.

Odwróciła się i zaczęła odchodzić w swój świat.

Chłopak patrzył za nią nieporuszony. Jakby coś przykuło go do ziemi w miejscu, w którym stał. Strach. Nagle, w jego oku pojawiła się łza, która zaczęła wolno spływać po policzku. Chłopak czuł jej ciepło, które zaczęło przenikać całe jego ciało. Ale nie chciał płakać. Zamrugał oczami i ... Poczuł, jakby właśnie się obudził. Zdziwiony rozejrzał się wokół siebie i zobaczył Mrok. Spojrzał za odchodzącą dziewczyną i ujrzał tam Światło. Kolec w sercu zaskrzypiał i Chłopak poczuł przeszywający ból w piersiach. Intuicyjnie zaczął biec w stronę, w którą poszła dziewczyna.

- Zaczekaj – krzyknął - Znam lekarstwo.

Dziewczyna odwróciła się. Spokojnym pełnym miłości i akceptacji wzrokiem spojrzała na chłopca.

- Kocham cię – powiedział patrząc jej w oczy.

Tkwiący w sercu kolec spadł na ziemię i zniknął. Ból też zniknął. Chłopak złapał głęboki oddech i poczuł przenikającą go Radość. I zrozumiał, czym jest Wolność. Wziął dziewczynę za rękę i tak szli razem w Miłości ku Światłu. Mrok za nimi zaczął się rozpływać jak Mgła, aż w końcu zupełnie zniknął. I wszędzie była tylko Miłość. A jasne Słońce uśmiechało się z góry i oświetlało im drogę.

Świat się zatrzymał

I stworzył Bóg wszystkie gwiazdy, planety i cały Wszechświat. I kiedy to wszystko ustawił według zamysłu swego, oddzielił Bóg Światło od Mroku. A potem wybrał jedną planetę, tchnął w nią życie i oświetlił światłem szczególnym. Za dnia dał jej światło słoneczne, zaś w nocy światło księżyca. I stworzył na niej wodę, - czyste rzeki, krystaliczne jeziora, morza, oceany. Stworzył też góry, lasy i całą przepiękną roślinność. A dnia czwartego i piątego, zapełnił Bóg wody, lądy i przestworza wszelkim stworzeniem. I zobaczył Bóg, że to jest dobre. I rzekł do planety:

– Od teraz będziesz nosić imię Gaja i będziesz matką wszelkiego życia.

I dał Bóg Gai moc płodności. I zachwycił się Bóg swoim dziełem. Oto stworzył Raj. I wtedy postanowił Bóg stworzyć człowieka, - kobietę i mężczyznę, jako równych sobie, - a następnie podarował im ten piękny Raj. I rzekł Stworzyciel:

– Dbajcie o Gaję, a odpłaci wam sowicie. Niczego wam nigdy nie zabraknie. Kochajcie się, szanujcie wzajemnie, żyjcie w zgodzie, zdrowiu, rozmnażajcie i bądźcie szczęśliwi.

Człowiek jednak nie posłuchał głosu Stwórcy. Pomyślał, że może być potężniejszy od Boga i sam może być bogiem. I zapominał człowiek o tym, co ważne. I nie uszanował ofiarowanych mu darów. Zaczęły się wojny o dobra materialne oraz władzę. Zaczęły podziały na lepszych i gorszych. Brat był wrogiem dla brata i brat zabijał brata. Mężczyzna zdominował kobietę, towarzyszkę swoją i uczynił ją posłuszną sobie. Poniżył tę, która życie daje. Czyste rzeki, krystaliczne jeziora, morza i oceany zamienił człowiek w cuchnące ścieki. Powycinał lasy i pozabijał zwierzęta. A powietrze zamienił w trujący gaz. Mamonę ogłosił swoim nowym bogiem.

I zapłakała Gaja.

– Zabijają mnie. Umieram. – rzekła do Stwórcy

I spojrzał Bóg na swój Raj i też zapłakał. I wtedy Bóg zatrzymał świat. I powiedział:

– Przypomnijcie sobie, co rzekłem, ofiarowując wam ten dar. Powiedziałem: Kochajcie się, szanujcie wzajemnie, żyjcie w zgodzie, zdrowiu, rozmnażajcie i bądźcie szczęśliwi. Wszystko, co jest wam potrzebne otrzymaliście ode mnie za darmo. Miłość, zdrowie, szczęście i życie w Raju, którym jest ta piękna planeta. Czemu wybraliście Mrok i Strach? Czemu wybraliście wojny, kłótnie, podziały i nienawiść? Czemu rzucacie kamieniami w braci swoich? Czemu się nie szanujecie? Czemu nie potraficie się kochać? Czemu odrzucacie miłość i światło? Już raz to zrobiliście. Wtedy zatrzymałem świat wodą. Abyście i wy się zatrzymali. Jednak nie zrozumieliście lekcji Ojca. Teraz zatrzymałem świat powietrzem. Abyście i wy się zatrzymali. Czy tym razem zrozumiecie? Następnym razem zatrzymam świat ogniem.

Marzec 2020

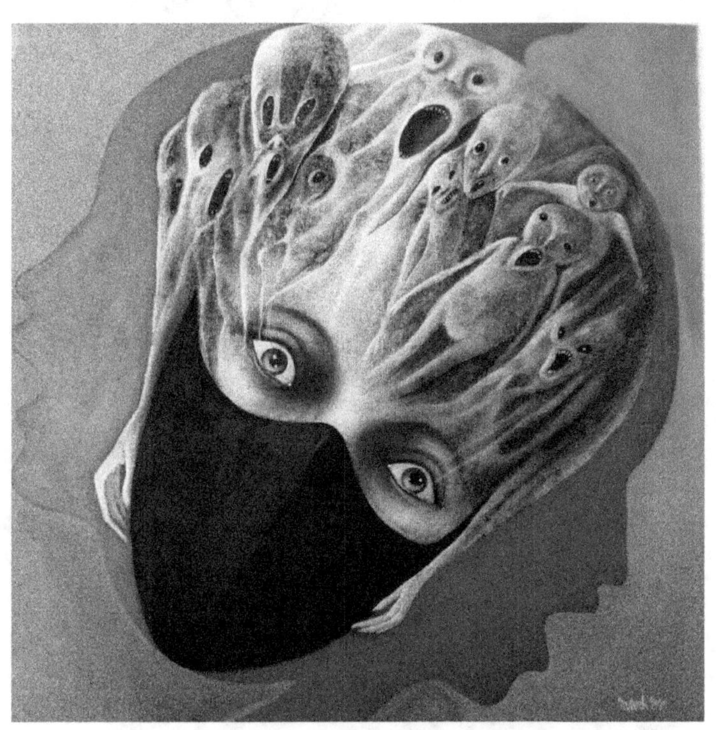

Tęcza

Czterej, ubrani na czarno, jeźdźcy stanęli na wysokiej górze i spojrzeli na świat, jakby podziwiając swoje dzieło. Nad ich głowami kłębiły się masy ciemnych, ciężkich chmur. Wokół panował Mrok. Niczym cztery wiatry, jeźdźcy przybyli bezgłośnie z czterech stron świata, pozostawiając za sobą tumany ciemnego kurzu. Twarze przykryte czarnymi maskami, a w pustych oczach bez wyrazu, trudno byłoby doszukać się jakichkolwiek uczuć. Każda dłoń przyodziana była w skórzaną rękawicę. Z ramion zwisały długie czarne peleryny, które podczas jazdy falowały niczym skrzydła nietoperza. Wyglądali jak cztery straszne bestie.

- Łatwo poszło – odezwał się głuchym, jakby bezdźwięcznym głosem jeździec na białym koniu.

- Tak – potwierdził jeździec na koniu czerwonym, a jego głos był jeszcze bardziej bezbarwny. – Zawsze reagują tak samo.

- Wystarczyła Iluzja. – dodał trzeci jeździec dosiadający konia czarnego.

- Tak – odezwał się jakby po namyśle czwarty jeździec dosiadający konia trupio-bladego. – Iluzja niewidzialnej wojny z niewidzialnym wrogiem o niewidzialne dobra. Ludzie głodni tego, czego nie potrafią odnaleźć w sobie samych. Strach i Pycha zawsze były moimi największymi sprzymierzeńcami.

Wtem nad ich głowami zerwał się silny podmuch wiatru. Cztery peleryny zaczęły łopotać, sprawiając, że bestie wyglądały jeszcze straszniej. Konie poruszyły się przebierając kopytami, jakby czując, że coś nadchodzi. Wiatr zaczął przeganiać ciemne chmury. Nagle ziemię oświetlił oślepiający promień słońca. Jeźdźcy spojrzeli w górę, a kiedy wrócili wzrokiem, przed nimi stał piąty jeździec. Jego strój był biały i jego koń z długą rozwianą grzywą też był biały. Głowa i twarz odkryta. Długie do ramion włosy delikatnie falowały na lekkim teraz wietrze.

I stały tak naprzeciwko siebie Mrok i Światłość. Zjednoczone Siły Ciemności naprzeciwko jedynej sile Światła. Zaraza, Wojna, Głód i Śmierć naprzeciwko Miłości.

- Znów podnieśliście rękę na lud mój – rzekł z mocą w głosie, aczkolwiek spokojnie jeździec w bieli.

- Wykonujemy tylko to, do czego zostaliśmy powołani. – Odpowiedział czwarty jeździec na sinym koniu. – To nie ja zabijam. To Strach i Pycha. Ja tylko zbieram swoje żniwo.

- Mało wiary, wiele Strachu w ludzie twoim – rzekł czarny jeździec na białym koniu.

- Daliśmy im tylko to, czego chcą i za czym gonią. Daliśmy im Iluzję. – dodał jeździec dosiadający konia czarnego.

- Nakarmiliśmy ich Pychę. Tym razem Wojna ich połączyła, choć oddzieliła, a Strach zjednoczył. – powiedział jeździec na koniu czerwonym.

- Nie doceniacie ludu mojego. Nieobudzeni już się budzą. A jeden obudzony budzi stu innych. Wy wzięliście tylko tych, którzy wybrali Iluzję i obudzić się nie chcą.

To mówiąc biały jeździec spojrzał w prawą stronę. Czarni jeźdźcy podążyli za jego wzrokiem. I oto zobaczyli niekończący się tłum ludzi zmierzający w ich kierunku, ze spokojem i uśmiechem na twarzy. Kobiety, mężczyźni, młodzi, starzy, dzieci. A każdy z nich trzymał w dłoni małą pochodnię, niczym zapaloną zapałkę.

Tłum zatrzymał się po prawicy białego jeźdźca.

- Nie boicie się Choroby? – zapytał czarny jeździec na białym koniu

- Spróbuj do mnie podejść – powiedziała spokojnym głosem młoda kobieta tuląca w objęciach niemowlę.

Czarny jeździec spiął konia próbując do niej podjechać, lecz jego koń tylko zakręcił się w kółko jakby nie mogąc ruszyć do przodu. Jakby między nim a kobietą stała niewidzialna ściana.

- Zło nie przyjdzie do mnie, jeśli nie otworzę mu drzwi. – rzekł stojący obok kobiety młody mężczyzna.

- Nie boicie się Wojny? – zapytał jeździec na koniu czerwonym?

- Dobro nie walczy. Nie musi. Dobro zwycięża Dobrem. Gdyby Dobro zaczęło walczyć, nie byłoby już Dobrem. Dobro samo jest zwycięstwem. – powiedział starszy mężczyzna z tłumu.

- Nie boicie się Głodu? – zapytał jeździec na czarnym koniu

- Nie możesz zabrać mi czegoś, czego we mnie nie ma. A wszystko czego potrzebuję mam w sobie. I dostaję wszystko to, o co poproszę. – odpowiedziała z łagodnym uśmiechem kobieta w średnim wieku.

- Nie boicie się Śmierci? – zapytał na koniec czwarty jeździec dosiadający konia trupio-bladego.

- A dlaczego miałbym się ciebie bać? – zapytał mężczyzna w dojrzałym wieku – Umierałem wiele razy, zanim nauczyłem się żyć i zrozumiałem, że jesteś tylko Iluzją. My wszyscy, którzy tu idziemy, umarliśmy, aby narodzić się na nowo i żyć. Śmierć jest Iluzją.

Czterej czarni jeźdźcy pochylili głowy, jak to czynią przegrani w bitwie rycerze. Po chwili jednak czwarty jeździec raz jeszcze spojrzał na ludzi i zapytał?

- Skąd jest wasza siła?

Wtedy wyszła przed tłum leciwa staruszka i patrząc Bestii prosto w oczy powiedziała spokojnie i cicho, aczkolwiek w jej głosie Moc była ogromna:

- Miłość zwycięża wszystko. – po czym wskazując ręką na białego jeźdźca, rzekła - On zwyciężył świat. On jest drogą, prawdą i życiem. Zaufaliśmy Mu, a On nauczył nas, jak żyć. On pokazał, że Miłość jest Drogą, a serce Drogowskazem. A tam, gdzie jest Miłość, nie ma Strachu, Wojny, Głodu i Choroby. Ten, kto za miecz chwyta, od miecza ginie. Ja nie mam żelaznego miecza, jak ty, a jednak to ty boisz się do mnie podejść. Moją tarczą – Miłość. Moją Siłą - Miłość. To my wszyscy – wskazała na stojący za nią tłum – jesteśmy solą tej ziemi i światłością światła. Jesteśmy Jednością.

Czwarty jeździec opuścił głowę, pokonany.

Nie ruszając się z miejsca, Biały jeździec spojrzał w oczy każdemu z czterech czarnych i cztery razy wypowiedział – Kocham cię. Uwalniam cię. – I ledwo skończył to mówić, nadleciał Wiatr Odnowy. I porwał Bestie Mroku unosząc je w postaci czerwonych chmur, ku górze, do Źródła. Czarni rycerze zrzucili maski. I oto ukazali się na koniach, w postaci pięknych białych Aniołów. A każdy z nich niósł inne przesłanie. Zaraza, stała się Zdrowiem, Wojna – Pokojem, Głód – Dostatkiem, a Śmierć – Życiem.

- Wykonało się! – rzekła Miłość

Na błękitnym niebie pojawiła się wielka kolorowa tęcza, która oplotła cały świat.

Kwiecień 2020

Nie jesteś sama

Kobieta siedziała na ławce będącej częścią nabrzeżnego amfiteatru przy plaży. Jej wzrok był utkwiony w ciemnej, spokojnej tafli oceanu zlewającego się z gwieździstym niebem. Słońce zaszło już jakiś czas temu. Przestrzeń wokół niej opustoszała. Ludzie, którzy licznie przybywają każdego dnia w to miejsce, aby oglądać cudowne, pełne niesamowitych i trudnych do opisania ziemskimi słowami kolorów zachodu słońca nad Pacyfikiem, odjechali. Tylko gdzieś nieopodal siedział jakiś jeden człowiek. Wyglądał, jakby zasnął. Właściwie, ona też powinna już wracać, jednak ta cisza przetykana szumem fal oceanu, ten spokój i ta magia miejsca, sprawiały, że chciała zatrzymać tę chwilę.

Tęsknie spojrzała w gwiazdy i jakby nawykowo, zaczęła szukać tej jednej, jedynej… swojej. Robiła to, odkąd pamięta. Szukała swojego domu, gdzieś tam wysoko w gwiazdach. Zatrzymywała wzrok na kolejnych, mrugających do niej powabnie diamentach nieba i wciąż czuła się zagubiona. Zagubiona w Kosmosie i zagubiona w tej ziemskiej niby-rzeczywistości, której nierzeczywistość widziała i czuła tak wyraźnie. Rzeczywistość, która była tylko wyświetlanym filmem. Hologramem. Jednak ludzie, nazywali to kino i ten ziemski teatr, rzeczywistością. Wydawali się jakby zahipnotyzowani. Sen nazywali Jawą, a Jawę Snem. Swoje fałszywe Ego nazywali logiką, a mądrą i jakże logiczną duszę, Iluzją. Jakby wszystko im się pomyliło. Jakby zapomnieli, kim są. Zamiast miłości wybierali konflikty i wojny. Zamiast zdrowia - wszystko, co temu zdrowiu nie służyło. Zamiast Prawdy, wybierali Kłamstwa, które nazywali swoimi Prawdami. Zamiast być wolnymi, woleli się bać. Tkwili w strachu i ziemskich podziałach, nazywając to wolnością. Sami dobrowolnie stawali się niewolnikami materii. Zakładali tysiące masek. Milczeli, kiedy powinni mówić i krzyczeli, kiedy powinni milczeć. Wybierali materię, zamiast szczęścia i miłości. Śnili swój sen owcy w zagrodzie i nie chcieli się z tego snu obudzić. Nie szanowali ani swojej planety, ani czasu, który został im dany na pobyt na niej.

To uczucie zagubienia, osamotnienia i jakiejś takiej nieokreślonej tęsknoty, towarzyszyło jej od dziecka. Z jakiegoś powodu, którego sama nie rozumiała, myślała i mówiła o sobie – dziewczyna z gwiazd. – Wciąż szukała odpowiedzi na pytania – Kim jestem? I po co tu jestem? – Miała uczucie, jakby ją ktoś wrzucił do tego ziemskiego Matrixa i zostawił samą. Jakby nie pasowała do tego świata stworzonego przez człowieka. Chociaż tak naprawdę, to przez tych, których człowiek nazwał bogami i którym oddał nad sobą władzę, którym oddawał cześć i wybrał strach.

Wciąż było w niej takie jakby zdziwienie, że tylu ludzi mówiących o miłości, tak naprawdę zupełnie nie rozumie tej miłości. I ze słowem 'miłość' na ustach, decydowali o winie i karze i o tym, kto jest lepszy, a kto gorszy. Kto zasługuje na wybaczenie, a kto nie. I powołując się na tzw. Logikę, gmatwali wszystko to, co było proste. Nie widzieli tych najprostszych rozwiązań. A tym najprostszym ze wszystkich rozwiązań, była właśnie Miłość.

Teraz znów patrzyła w gwiazdy i znów czuła, że to gdzieś tam, na jednej z odległych Plejad, jest jej prawdziwy dom i rodzina. Dom miłości. Znów poczuła tę przyszywającą bolesną tęsknotę. I oto niespodziewanie dla samej siebie, powiedziała głośno:

- Gdzie jesteście moi bracia i siostry? Czemu mnie tu zostawiliście?

I nagle stało się coś nieoczekiwanego. Nagle zobaczyła schodzące z góry, jakby płynące, jasne, uśmiechnięte postacie. Wyglądały niczym pięcioro aniołów. Poznała ich od razu.

- Jesteście – powiedział głośno, a w jej oczach pojawiły się łzy wzruszenie. Poczuła ulgę, radość i otulającą jej ciało, jakby od środka, falę kojącej, ciepłej, spokojnej miłości absolutnej.

- Zawsze tu byliśmy. Przy tobie. Nigdy nie byłaś sama. – usłyszała, ale nie był to ziemski głos. To był głos w jej głowie.

Świetliste, eteryczne postacie zbliżyły się do niej i jakby otoczyły ciepłem swojej energii. Poczuła się tak, jakby po długiej podróży wreszcie wróciła do domu do swojej najukochańszej rodziny. Wreszcie poczuła się bezpiecznie.

Poczuła spokój. Patrzyła z miłością na ich twarze, na których była radość i ten filuterny wyraz rozbawienia. Znała ich wszystkich, chociaż wciąż nie wiedziała skąd. Wciąż nie pamiętała ich imion.

- Wiedziałam, czułam, że jesteście gdzieś obok, ale nie widziałam was. Dlaczego? – zapytała w myślach, jakby nie zauważając, że przeszła na tryb rozmowy telepatycznej. Jakby ten sposób komunikacji był dla niej czymś zupełnie naturalnym.

- Bo nie ufałaś sobie. Bo tak bardzo wczułaś się w tę swoją ziemską rolę, że zapomniałaś kim jesteś i po co tu przyszłaś.

- A kim jestem? Gdzie jest mój dom?

- Twój dom jest w Plejadach. Jesteś naszą siostrą.

- Po co tu jestem?

- Żeby przeprowadzać ludzi na drugą stronę mostu.

- Mówisz o wymiarach. Mam uczyć ich miłości, aby wzrastali i przypominać im kim są. Czy tak?

- Czy to nie ciebie ludzie nazywają ziemskim aniołem opowiadającym bajki? Bajki to nasza specjalność. Jesteśmy kosmicznymi bajarzami.

- Niektórzy faktycznie tak mówią – uśmiechnęła się. – Ale ludzie wierzą w różne rzeczy. Nawet w anioły.

- Bo tak ich nauczono. Bo tak chcą. Ludzie potrzebują w coś wierzyć i potrzebują autorytetów.

- Wiem. To smutne, jak bardzo ludzkość się pogubiła. Ludzie potrzebują przewodników.

- I ty właśnie nim jesteś. Po to tu przyszłaś. Zeszłaś z wyższego wymiaru, aby ich przeprowadzić. Przypomnij sobie.

Ty nigdy nie miałaś autorytetów. Sama nim byłaś dla siebie. Ty szukałaś tylko wiedzy, a nie opinii.

\- To prawda… A czy ja też mam przewodnika?

\- To ty jesteś przewodnikiem. Również naszym, ale też dla siebie samej. Jesteś naszą starszą siostrą. Kiedy podjęłaś się tego zadania na ziemi, poprosiłaś nas o pomoc. Rozpisałaś bardzo szczegółowy scenariusz, w którym zawarłaś wszystkie możliwe warianty ziemskich wyborów. Długo i bardzo skrupulatnie przygotowywałaś się do tej misji i do tej roli. Zabroniłaś nam się pokazywać, aż przyjdzie czas. Ale zawsze byliśmy obok. I czasem było nam smutno, kiedy widzieliśmy, jak się gubiłaś w labiryncie ziemskiego życia. A czasem rozbawiałaś nas do łez, kiedy nie widziałaś tego, na co patrzyłaś. Jakbyś sama ze sobą bawiła się w chowanego. Ziemskie życie to najwspanialszy teatr dla widza, ale też dla aktora. Szczególnie, kiedy ta sztuka pt. 'Moje Życie', którą ludzie tu odgrywają, jest tak interesująca, jak twoje życie. Szłaś do przodu przez te ziemskie burze z podniesioną głową i z odwagą stawiałaś im czoła.

Twarze przybyszy z gwiazd, wciąż były roześmiane, a ich radość udzielała się także jej. Miała wrażenie, że mają spory ubaw z jej ziemskiej amnezji. Wszystko, co właśnie usłyszała, zaczęło układać się w logiczną całość. Całe jej życie. Chociaż tak naprawdę, to zawsze to wiedziała gdzieś tam w środku.

\- A inni? – zapytała.

\- Większość ludzi potrzebuje przewodników. Niektórzy przewodnicy działają na planie duchowym, a inni w podobny sposób jak ty. Jednak taka misja, zawsze łączy się z odrzuceniem. Ludzie często są głusi na glos swoich przewodników działających z poziomu duchowego. Wątpią, czy to jest prawdziwe i odrzucają. Dlatego potrzebni są ziemscy przewodnicy. Przewodnicy mówiący ziemskim głosem. Jednak Ciemność broni swojej władzy nad światem Matrixa i rzuca kamieniami w tych, którzy obnażają jego oblicze. Tylko najodważniejsi z nas, decydują się na rolę ziemskich przewodników Światła. Przewodnicy są jak nauczyciele, a ich uczniowie, sami stają się przewodnikami i nauczycielami. I tak oto, człowiek przeprowadza człowieka przez most między wymiarami. Człowiek człowieka uczy latać.

- I to jest właśnie ten czas przejścia... - powiedziała w zadumie.

- Tak. To jest właśnie ten czas przejścia. Pewien etap w dziejach świata właśnie się kończy. To tak, jakby kończył się pewien eksperyment. I to jest ten moment decyzji. Dlatego tak wielu ludzi budzi się w tej Ciemności i szuka drogi do domu. Albo ludzie wybiorą Światło, czyli Wolność i Miłość, czyli powrót do domu, albo pozostaną w Ciemności swojej zagrody strachu. I Ciemność o tym wie. Dlatego tak mocno atakuje.

- Dokąd idę?

- Tam, gdzie masz dojść.

- Dlaczego nie boję się Ciemności?

- Bo Ciemność nie ma nad tobą władzy. Jesteś światłem. To Ciemność boi się ciebie. Dlatego tak krzyczy. Dlatego tyle kamieni rzuca. Tym właśnie jest strach. Strach krzyczy, bo się boi. Strach dzieli, bo się boi. Strach walczy, bo się boi. Strach kontroluje, bo się boi. Miłość nie walczy. Gdyby Miłość walczyła, nie byłaby Miłością, tylko Wojną, czyli Aniołem Ciemności. Miłość zwycięża miłością.

W tym momencie, kobieta zauważyła, że siedzący nieopodal na ławce człowiek, poruszył się, jakby zbudzony ze snu. Wstał i zakręcił się wkoło, jakby się rozglądał. Był to starszy mężczyzna. Na jego twarzy widać było zagubienie. Mężczyzna podszedł do niej i trochę niepewnym głosem powiedział:

- Przepraszam panią, że przeszkadzam. Zasnąłem i właśnie się obudziłem. Ale nie widzę dobrze i chyba się pogubiłem. Nie wiem, gdzie jestem. Jest ciemno i nie poznaję drogi. Dopiero kilka dni temu przeprowadziłem się w tę okolicę. Zapomniałem telefonu, w którym miałem nawigację. Nie mogę do nikogo zadzwonić, aby spytać, bo nie pamiętam numerów. Czy mogłaby mi pani pomóc odnaleźć drogę do domu?

- Oczywiście – uśmiechnęła się kobieta. – Wspólnie spróbujemy odnaleźć pana drogę i dom. Proszę wziąć mnie za rękę. Już nie jest pan sam.

Za plecami mężczyzny zobaczyła uradowane i roześmiane świetliste postacie, które znikały w swoim wymiarze. I chociaż nie widziała ich ziemskimi oczami, to widziała ich oczami duszy. Miała już pewność, że nie jest sama. I nigdy nie była.

Sierpień 2020

NIE WSZYSTKO JEST TAKIE, JAK NAM SIĘ WYDAJE

Strażnik Czasu

Kobieta usiadła w parku na ławce tuż przy samej wodzie. Lubiła tu przychodzić i lubiła swoją ciszę. Chociaż ta cisza wcale ciszą nie była, choć przecież była. Szelest wiatru tańczący w liściach drzew, szum wody spływający do stawu, śpiew ptaków, plusk skaczącej ryby, kwaczące kaczki, gęgające dzikie gęsi, a gdzieś w oddali radosny krzyk bawiących się dzieci i odgłos rozmów spacerujących ludzi. Ktoś przejechał na rowerze, gdzieś zaszczekał pies. W górze hen przeleciał samolot. A jednak cisza. Jakby czas się zatrzymał. Ale przecież płynął.

Kobieta obserwowała to wszystko jakby zamknięta w jakiejś bańce czasoprzestrzennej, w której nie ma ani czasu, ani przestrzeni. Była tu i teraz, a jednocześnie przebywała w innym świecie. W świecie swoich własnych myśli i swojej wyobraźni. Jakby była w dwóch światach jednocześnie.

Myślała o swoim dotychczasowym życiu. O tym, jak wszystko było w nim perfekcyjnie poukładane. Zdawać by się mogło, jakby zostało zaplanowane wcześniej, zanim jeszcze się urodziła. Szczegółowo napisany scenariusz, gdzieś tam na górze, w innym wymiarze. I każdy element jej życia, niczym puzzle, idealnie łączył się z innymi, a pozór odległymi zdarzeniami. Myślała o tym, jakie następstwa miała każda podjęta lub nie podjęta kiedyś, decyzja i jak każdy spotkany w życiu człowiek był po coś. A także o tym, jak wszystko w jej życiu miało swój czas. Jakby ktoś tego pilnował, aby wszystko zadziało się dokładnie wtedy, kiedy miało się zadziać.

Myślała o tym, czego nie zrobiła. O swoich niewykorzystanych szansach. Przypomniał jej się przyjaciel z czasu wczesnej młodości. Byli wtedy nastolatkami. Przyjaciel świetnie grał w tenisa ziemnego, ona w tenisa stołowego. Zaproponował, że nauczy ją swojej gry. Skończyło się na jednym lub dwóch wizytach na korcie. Nie szło jej, więc zrezygnowała. A potem całe życie o tym myślała. O tym, że chciałaby umieć grać w tenisa. I wracała myśl – Szybko zrezygnowałaś, dziewczyno. Wystarczyła jedna porażka, a ty uznałaś, że to nie dla ciebie. Zwątpiłaś w siebie. Nie zaufałaś sobie. Nie wykorzystałaś tamtego czasu. – I jakoś tak nigdy potem nie miała okazji, aby wrócić do tego i nauczyć się grać w tenisa ziemnego. Chociaż być może okazje były, ale jakoś nie było już na to czasu. Co innego było ważne.

I kiedy tak rozmyślała o tych różnych niewykorzystanych szansach, o tym, jak wszystko ma swój czas w tym życiu i jak jest perfekcyjnie poukładane, nagle stanął przed nią starszy, wysoki, szczupły mężczyzna w kapeluszu. Pojawił się jakby znikąd. A może po prostu go nie zauważyła, pogrążona w swoich myślach i w swoim świecie. Spojrzała na niego zaskoczonym i nieco nieprzytomnym wzrokiem, jakby ją ktoś lub coś gwałtownie wrzuciło w ziemską rzeczywistość. Mężczyzna był poważny, jego twarz surowa, wzrok przenikliwy. Emanował spokojem i siłą. Ale nie była to ziemska siła. Ta siła wypływała ze środka. I było coś dziwnie znajomego w jego postaci, choć zupełnie nie potrafiła powiedzieć, co to takiego. Jakby znała go od zawsze. Poczuła przyjaźń, ale też respekt jednocześnie. Uśmiechnął się do niej delikatnie, ale jakby niewidzialnie. Spojrzał na miejsce obok, jakby bez słów pytał, czy może usiąść przy niej. Kobieta również bez słów odpowiedziała – tak. – Dziwnie zaczęła się ta rozmowa.

Przez chwilę siedzieli w milczeniu. Ale nie czuła się speszona. Miała wrażenie, że siedzi obok przyjaciela, z którym po prostu może pomilczeć. Wróciła do swoich myśli o przemijaniu czasu i jego perfekcyjnym scenariuszu.

- Czas to twoje życie – usłyszała nagle cichy, głęboki, aczkolwiek przyjemny głos nieznajomego znajomego. Czyżby czytał jej myśli?

- Pięknie tu – odpowiedziała, jakby nie chcąc przyznać się do tych swoich myśli.

- Życie na ziemi jest piękne, tylko niektórzy tego nie dostrzegają. Zapomnieli.

- Jak to zapomnieli? – zapytała zdziwiona

- Po prostu zapomnieli. Tak jak zapomnieli, po co tu przyszli w to życie. Czas, aby sobie przypomnieli.

- Nie rozumiem. Jak mają sobie przypomnieć?

- Czas zatrzymał się po to, aby sobie przypomnieli. Czas przyspieszył i zwolnił jednocześnie.

- Jak czas może przyspieszyć i zwolnić jednocześnie? – kobieta była coraz bardziej zaintrygowana.

- Czas wszystko może.

- Co to znaczy, że czas przyspieszył i zwolnił jednocześnie?

- Czas dał ludziom czas, aby zrozumieli, co mieli zrozumieć. Jednak ludzie nie chcieli zrozumieć. A czas dany na tę lekcję, właśnie się kończy. Dlatego czas przyspieszył, przyspieszając zdarzenia i zatrzymał się jednocześnie. Zatrzymał ludzi w ich życiu, aby przypomnieli sobie to, o czym zapomnieli.

- A co ludzie mają zrozumieć?

- To, co jest naprawdę ważne w życiu. I to, kim są i po co tu przyszli w to życie.

- A co jest ważne w życiu?

- Ty nie musisz o to pytać. Zawsze to wiedziałaś intuicyjnie. Dlatego nigdy nie przywiązywałaś się do materii. Byłaś i jesteś wolna. Nie ma w tobie strachu.

Kobieta nie odpowiedziała. Zadumała się nad odpowiedzią starca. Jak kalejdoskop przemknęły jej przez głowę różne sytuacje z życia. - Tak... on ma rację... - pomyślała - Łatwo zamykała drzwi przeszłości i szła w nowe, choć nieznane, z ufnością i jakąś taką wiarą, że da radę i wszystko będzie dobrze. I było. Inaczej, ale zawsze ciekawie. Jak w podróży. Chociaż przecież też zdarzyło jej się zatrzymać kiedyś, gdzieś na dłużej i nie posłuchać wewnętrznego głosu. To był ten czas, kiedy cierpiała. Czas, kiedy chciała zatrzymać czas. Bezskutecznie.

- Człowiek nie może zatrzymać czasu. – powiedział mężczyzna jakby w odpowiedzi na jej myśli.

- A kto panuje nad czasem?

- Strażnicy czasu.

- Strażnicy czasu? – jej ciekawość rosła z każdą chwilą. - Kim są strażnicy czasu?

- Strażnicy pilnują, aby wszystko działo się we właściwym czasie. Mogą czas skrócić lub wydłużyć, mogą go przyspieszyć, zwolnić lub zatrzymać.

- A czy mogą powtórzyć czas?

- Nie ma dwa razy tego samego czasu, tak jak nie ma dwa razy tej samej wody w płynącej rzece. Czas płynie jak rzeka. I wszystko jest przypisane danemu czasowi. Momentowi w historii.

- Czy to znaczy, że wszystko jest z góry zapisane?

- Wszystko prowadzi tam, dokąd ma zaprowadzić. Wszystko ma swoje miejsce w czasie i wszystko jest po coś. Choć niektórzy wierzą, że wszystko jest pasmem przypadków. Ludzka naiwność i niewiara. – westchnął niemal niesłyszalnie przy ostatnim zdaniu - Każde zdarzenie, którego doświadczasz i każdy człowiek, którego spotykasz ma swoje miejsce, czas i znaczenie. Każdy przywódca czy polityk również jest wyznaczony na dany czas i jest po coś. Ludzie są tylko przechodniami w twoim życiu, tak jak ty, jesteś przechodniem w ich życiu. Jest wam po prostu dany wspólny czas razem w pewnym czasie. Czasem dłuższy, czasem krótszy, ale zawsze jest to czas, który wspólnie sobie ofiarowujecie. I to wy decydujecie o jakości tego czasu.

Kobieta znów się zamyśliła. Przypomniało jej się, jak kiedyś podarowała komuś zegarek, a wiele lat później ktoś jej podarował zegarek. Zaczęła się zastanawiać, czy te sytuacje w jakiś sposób łączą się ze sobą. I znów, starszy mężczyzna, jakby czytając jej myśli, odpowiedział. Tym razem już jej to nie zdziwiło.

- Wasz czas się wtedy skończył, ale ty nie chciałaś pójść dalej. Trzymałaś się tego, co stare i chciałaś zatrzymać czas. I wtedy musiał interweniować strażnik. To on podsunął ci myśl, pojawił się jako zegarmistrz i sprzedał Ci piękny zegarek, który ty potem z miłością podarowałaś tamtemu mężczyźnie. Piękny i drogi zegarek, bo to był piękny i cenny czas w waszym życiu. W ten oto sposób strażnik ofiarował Ci swój czas i skrócił wasz czas razem z tamtym mężczyzną. Bo każde z was musiało iść swoją drogą. Potem czas przyspieszył. Dużo się działo w krótkim czasie. Cierpiałaś jednak, bo nie odeszłaś w odpowiednim czasie. A kiedy pokonałaś cierpienie, czas zwolnił, a ty znów zaczęłaś się uśmiechać.

- Powiedziałeś, że strażnicy pilnują, aby wszystko odbyło się we właściwym czasie. To czemu nie odeszłam wcześniej?

- Człowiek ma wolną wolę i nie zawsze słucha głosu swojej duszy. Często trzyma się kurczowo starego czasu. A każdy czas ma swojego strażnika. Kiedy zmienia się czas, odchodzi stary strażnik czasu i przychodzi nowy z nowym czasem. I kiedy człowiek nie chce wejść w nowe i zrozumieć tego, co ma zrozumieć, wtedy strażnik przyspiesza czas i zdarzenia. Często jest to związane z bólem i przewrotem w życiu lub historii.

- A co się stało, kiedy wiele lat później to ktoś inny podarował mi zegarek?

- Historia zatoczyła koło. Powtórzyła się, chociaż odwrotnie i w innym czasie.

- Nie rozumiem.

- Wtedy też cierpiałaś po rozstaniu z kimś, kogo kochałaś i kto kochał ciebie. Jednak tym razem nie próbowałaś zatrzymać czasu. Zaufałaś sobie i odeszłaś. Podświadomie wiedziałaś, że to nie jest jeszcze wasz czas. Obydwoje musieliście jeszcze coś zrozumieć i jeszcze czegoś doświadczyć oddzielnie. Pójść innymi drogami, aby dojść do skrzyżowania, na którym wasze drogi znów się przecięły. Powiedziałaś wtedy mężczyźnie, że spotkacie się za pięć lat i porozmawiacie. Określiłaś czas. Wtedy pojawił się w twoim życiu inny zegarmistrz, który przeprowadził cię przez trudny dla ciebie czas przejścia po rozstaniu. Na końcu podarował ci zegarek. Skrócił twój czas rozłąki z mężczyzną o połowę. Zegarmistrz oddał ci swój własny czas. I teraz mógł już odejść i zrobić miejsce dla nowego czasu i nowego strażnika.

- A czemu spotkałam tego mężczyznę, kiedy nie byliśmy gotowi na tę miłość? Czyż nie oznacza to, że to nie był nasz czas?

- Ależ to był wasz czas. Gdybyście wtedy nie doświadczyli szczęścia tamtej miłości, a potem bólu separacji, nie zrozumielibyście, czym jest wasza miłość i jak bardzo jest ona ważna. Nie potrafilibyście tej miłości cenić.

- Dziwne to wszystko. Ale przecież ma sens. I chociaż trudno to zrozumieć, wydaje się takie proste, kiedy o tym mówisz. – kobieta znów się zamyśliła i przypomniała sobie drugiego zegarmistrza. – Wiesz - powiedziała - kiedy przeszłam przez ten trudny czas po drugim rozstaniu, długo nie mogłam się zdecydować, którą drogę wybrać w nowym życiu. Niby miałam wiele dróg przed sobą i każda wydawała się interesująca, to mnie ciągnęła tylko jedna droga. Jednak z jakiegoś powodu wciąż się wahałam. I wtedy ponownie spotkałam tamtego zegarmistrza. Niby na pozór był zdrowy, niby na pozór wszystko było w porządku, a jednak miałam wrażenie, że życie z niego uchodzi. Jakby gasł na moich oczach. I pomyślałam wtedy, że nie mam już czasu, aby zastanawiać się dłużej nad wyborem drogi i odkładać życia na jutro. Zaufałam sobie i weszłam na tę drogę, którą wybrałam na początku. I zadziało się coś dziwnego. Pozostałe drogi, jakby splotły się z tą najważniejszą... – kobieta ponownie zamyśliła się przez chwilę, po czym w zadumie powiedziała - I wtedy zegarmistrz odszedł…. – znów zamyślenie, a po chwili dalsza opowieść - A kiedy weszłam na tę nową drogę, wszystko potoczyło się błyskawicznie. Wszystko mi sprzyjało. Otwierały się wszystkie drzwi. Pojawiali się nowi ludzie z ręką wyciągniętą do pomocy. Jakbym została otoczona ziemskimi aniołami, które tylko czekały, aby mi pomóc i przenieść na swoich skrzydłach przez wszystkie meandry rzeki, abym mogła poszybować wysoko. Jakby nowy czas i nowa energia.

- Tak właśnie odchodzą strażnicy. Po cichu i bezszelestnie. I tak przychodzą nowi strażnicy z nowym czasem. Przychodzą z rozmachem. – powiedział w zamyśleni nieznajomy znajomy.

Znów przez chwilę siedzieli nic nie mówiąc. Kobieta obserwowała spacerujące kiwającym się krokiem kaczki, które bez strachu podchodziły do ludzi. Po prostu chodziły tam, gdzie chciały. Jakby wiedziały, że ta przestrzeń wokół wody, należy do nich.

- A co z bliskimi, którzy umierają. – Zapytała nagle.

- Oni nie umierają. Po prostu wracają do domu. Ich czas się skończył. Przyszli tutaj, aby dać komuś swój czas i doprowadzić tego kogoś do ustalonego wcześniej portu. A potem odchodzą, aby ten ktoś mógł żyć.

- Czym jest czas?

- Czas jest jak gra w tenisa. Wymaga kondycji, refleksu, zegarmistrzowskiej precyzji oraz intuicji. Kiedy łapiesz piłkę, to tak jakbyś łapała swoją chwilę w danym czasie. Dokładnie w tym danym momencie. Jeśli odpowiednio nie zareagujesz, spóźnisz się, piłka przeleci. Moment w czasie uleci bezpowrotnie. Zaczynasz nową grę, bo do starej nie można już wrócić ani jej powtórzyć. Jednak tę nową grę możesz wygrać, jeśli nauczysz się grać i chwytać piłkę. Łapać swoje chwile. Bo czas tak jak życie, z chwil się składa. Z wykorzystanych lub niewykorzystanych szans. A na koniec tej gry, pamiętasz te wszystkie przepuszczone piłki i te wszystkie niewykorzystane szanse. Dlatego warto łapać swoje chwile. Kondycja w życiu też się przydaje. – dodał z lekkim, ledwo widocznym uśmiechem. - Kondycja to Twoje zdrowie. Warto o siebie dbać.

- I tak oto koniec stał się początkiem. – tym razem uśmiechnęła się kobieta, przypominając sobie swoje myśli z początku tej dziwnej rozmowy.

- Na mnie już czas – powiedział nieznajomy znajomy wstając ławki. – Czas na nowe. – To mówiąc pokłonił się lekko jakby chciał powiedzieć – Dziękuję za ten wspólny czas.

Kobieta obserwowała oddalającą się postać mężczyzny. Miała wrażenie, jakby uchodziło z niego życie. Jakby gasł na jej oczach.

- Dziękuję za ten wspólny czas, strażniku. – Powiedziała cicho, uśmiechając się lekko i jakby z wdzięcznością. – Dziękuję, że przyszedłeś pożegnać się ze mną. To był dobry czas i właśnie się skończył. Czas iść w nowe. Jakie będzie to nowe, zależy tylko ode mnie. Tym razem, złapię wszystkie piłki. To będzie bardzo dobra runda. Bardzo doby czas. Najlepszy.

Lipiec 2020

Ławka w parku

Ławka. Stoi samotnie w parku. Tuż nad brzegiem wody. A widok z niej piękny. Czasem ktoś na krótko przysiądzie, zamyśli się i może po raz pierwszy w życiu, zobaczy inny świat. Świat duszy. Widział ten świat wcześniej, ale bez refleksji, bez zauważenia. Były tylko słowa. Puste słowa.

Magiczna ławka, która daje spokój i odpoczynek. Ukojenie wszystkich zmysłów. Emocji. Pozwala uporządkować myśli albo w ogóle nie myśleć. Być tu i teraz. Delektować się ciszą. Zagłębić się w ciszy. Dać wytchnienie strudzonym zgiełkiem ludzkiego świata, uszom. Pozwala oczom zobaczyć więcej.

Ta ławka, to jak zatrzymanie się w czasie. Zatrzymanie w życiu. W jego pędzie do... no właśnie... często nawet nie wiesz do czego. Ale gnasz, gnasz, gnasz. Pędzisz na oślep robiąc mnóstwo niepotrzebnych rzeczy, które uznajesz za credo swojego życia. Oceniasz, krytykujesz, osądzasz. Biegniesz bez zatrzymania za materią, z której uczyniłeś swojego boga. Bijesz pokłony przed materią i oddajesz jej cześć. Dla materii jesteś w stanie zrobić wiele, a nawet więcej. Czy o tym właśnie jest twoje życie? O pogoni za materią? Po to właśnie przyszedłeś w to życie, aby gromadzić skarby materii na ziemi?

Czas przecieka przez palce jak woda. Zegar czasu odmierza swój czas w tył. Odmierza dni i godziny. I jest ich coraz mniej. Ile jeszcze zostało ci tego czasu? Może godzina? Może dzień, tydzień, rok? Może kilka lat. Nie wiesz. Naiwnie wierzysz, że jesteś nieśmiertelny, chociaż tylko jedno masz życie w tym życiu. I ten czas jest ograniczony. A to życie, to tylko parę chwil na tej ziemi. Bo śmierć jest przeznaczeniem każdego. I nie da się od niej uciec. Zatem, kiedy chcesz zacząć żyć? Kiedy chcesz sięgnąć po swoje marzenia? Kiedy chcesz być szczęśliwy? A może to jest właśnie ten czas, aby zrobić to teraz? W tym momencie. Już. I nie odkładać życia na jutro. Na kiedyś.

Samotna ławka w parku. Zdawać by się mogło, że czeka na kogoś. Może na ciebie? Zaprasza byś przysiadł i po prostu, był w tej jednej chwili. Zatrzymał się. Trwał. Docenił tę jedną chwilę. Spotkał się sam ze sobą. Abyś poczuł delikatny podmuch powietrza na twarzy. Pocałunek wiatru. Usłyszał cichą melodię natury. Szmer wody. Szum roztańczonych liści w gałęziach drzew. Wsłuchał się w rozmowę spacerujących nad brzegiem gęsi i kaczek, które zgodnie żyją razem i obok siebie. Współistnieją w pokoju. Ta magiczna ławka w parku zaprasza i chce ci pokazać piękno odbijającego się w wodzie słońca. Inny świat. Zachęca, byś spojrzał w niebo i zauważył obrazy i znaki kreślone kształtem białych obłoków. Dotknął trawy bosą stopą i poczuł jedność z matką ziemią. Poczuł, że jesteś częścią tej natury. Zrozumiał, że Ziemia, to twój dom. Nasz wspólny dom. A my wszyscy jesteśmy jedną rasą, jedną rodziną. Bratem i siostrą.

- Ziemianie, dzieci, jak dbacie o swój dom? – pyta na górze Ktoś. – Jak zarządzacie planetą, która dałem wam w zarząd? Jak dbacie o siebie wzajemnie? Co czynicie bratu i siostrze? Czemu skazujecie swoich braci i siostry na głód, bezdomność i cierpienie? Czemu obrzucacie siebie kamieniami? Co czynicie sobie i czemu wybieracie strach i wojny, zamiast miłości? Jak wykorzystujecie dar życia, który wam podarowałem?

A kiedy to wszystko zrozumiesz, przychodzi spokój i radość. I jest tylko miłość. A tam, gdzie jest miłość, niemożliwe staje się możliwe.

I oto na ławce siada kobieta. I chociaż czas odmierzył sporo ziemskich lat w jej ziemskim kalendarzu, to zdaje się być młodsza niż wtedy, kiedy młodsza była. Z jej postaci bije magnetyzujące otoczenie, jasne światło. Wiele w życiu przeszła i po wielu drogach chodziła. Zajrzała do piekła, by wybrać niebo. Wybrać miłość i wybrać siebie. Wygrać swoje życie. I teraz na jej twarzy jest spokój i akceptacja. Oczy patrzą na świat mądrością doświadczenia.

Ławka przyjmuje gościa z wdzięcznością i oferuje to, co ma najlepszego. Spokój, ciszę i radość z przeżywania chwili. Tej chwili. Dzikie, choć wszak oswojone ptaki, podchodzą bliżej, jakby przyciągane niewidzialną nicią boskiej energii. Jakby czuły doniosłość tej chwili. A ta chwila jest ważna. Bo to jest Ta chwila. Wiatr porywa w objęcia gałęzie drzew i tańczy z nimi radosny taniec. Słońce wychodzi zza chmur i rozświetla świat blaskiem ciepłego światła. Raduje się ziemia a wraz z nią raduje cały Wszechświat.

Do ławki podchodzi mężczyzna. Jest zdecydowany. On już wie. Już wybrał. Już jest pewien. Dorósł do miłości i na miłość otworzył swoje serce. Zrozumiał, że nie materia, nie walka i nie ucieczka od miłości, ale to właśnie miłość jest drogą, prawdą i celem życia. I to zrozumienie przywiodło go do tego właśnie parku i do tej ławki. Bo wypełnione miłością serce, zawsze odnajdzie drogę do drugiego wypełnionego miłością serca. I choćby te dwa serca były oddalone od siebie o świetlne eony, to zawsze przyciągną się wzajemnie, by połączyć w miłości i stworzyć Jedno.

Mężczyzna siada obok kobiety. Oczy patrzą w drugie oczy i łączą się razem w bezkresnym oceanie innego wymiaru. A kiedy oczy mówią, to słowa stają się zbędne. Kobieta uśmiecha się do mężczyzny. On w milczeniu bierze jej dłoń, jakby mówił

– Jesteś. Chwilę to trwało, ale wreszcie cię odnalazłem. Bo odnalazłem siebie. Zatańcz ze mną dziewczyno. Niech ta chwila Razem, trwa wiecznie. Pozwól mi trzymać cię za rękę i iść obok ciebie i z tobą, tą samą drogą. Razem.

Kobieta odwzajemnia uścisk dłoni i kładzie głowę na ramieniu mężczyzny. I jest dobrze. Tak dobrze. I nie stoi już samotna ławka w parku. A siedząc na tej samej ławce, wtuleni w siebie, kobieta i mężczyzna z uśmiechem patrzą na świat jednymi oczami. Dwie drogi łączą się w jedną. Dwa domy stają się jednym. Podziały znikają. Wojny odchodzą w niepamięć. Energia żeńska i energia męska łączą się jak równi partnerzy. Współpracują. Dwa staje się Jednym. Uśmiecha się Matka Gaja i raduje Ojciec na niebie. Chwilo trwaj.

Roślinka

Zdarzyło się pewnego razu, że na drodze tuż obok domu, w którym mieszkam, zobaczyłam małą Roślinkę w doniczce. Zdawać by się mogło, że ta Roślinka spadła z nieba.

Była to zwykła, czarna, plastikowa doniczka. Taka sklepowa. Brzydka. A Roślinka była ładna, chociaż jakaś taka jakby niepozorna. Jakby czegoś jej brakowało. Jakby coś jej zabrano. Jakby nie mogła oddychać. Skojarzyła mi się z piękną dziewczyną, którą ktoś ubrał w szarą sukienkę Kopciuszka, założył na jej nogi za ciasne, niewygodne buty i sprawił, że zapomniała kim jest naprawdę. Dziewczyną, która zgubiła swoją naturalną radość. Dziewczyną, której odebrano wolność. Oddech życia. Dziewczyną, która uwierzyła, że jest gorsza.

Doniczka stała w zacienionym miejscu na rabatce pomiędzy innymi roślinami zasadzonymi w glebie, które korzystały z obfitości dobrodziejstw Matki Ziemi i bujnie pięły się w górę, ukazując całą swoją urodę. A ta mała, niepozorna Roślinka wciąż była zamknięta w tej za ciasnej, czarnej, brzydkiej doniczce bez ziemi. Bez tlenu. Bez pożywienia. Bez miłości. Niczym w więzieniu. Niemal niewidoczna.

Spojrzałam i pomyślałam: - Zapewne ktoś zostawił ją tutaj przez roztargnienie. Zapomniał. Ale będzie szukał. Może ogrodnik. Wróci. Przyjdzie tu po nią. – Minęłam, poszłam w swoją stronę i zapomniałam.

Następnego dnia sytuacja powtórzyła się. Spojrzałam, odnotowałam w głowie i przeszłam obok. Jednak trzeciego dnia, kiedy ponownie ją zobaczyłam, przystanęłam. Doniczka z Roślinką stała dokładnie w tym samym miejscu. Jakby na mnie czekała. I rzeczywiście. Spojrzałam na nią uważnie, a ona przemówiła. Usłyszałam takie cichutkie: - Czekam tu na ciebie. Zaopiekuj się mną.
- Chodź ze mną. Przypomnę Ci kim jesteś. – odpowiedziałam.

Wzięłam Roślinkę do ręki i zaniosłam do domu. Do brzydkiej doniczki przyklejona była karteczka a na niej napis: Hibiskus. Uśmiechnęłam się. Cóż za symbolika. Jakby ktoś tam na górze coś podpowiadał i wskazywał drogę. Jakby mówił: - Oto odpowiedź, której szukasz.

Zabrałam Roślinkę do domu. Wyjęłam z brzydkiej, czarnej doniczki, w której zamiast życiodajnej ziemi była tylko sztuczna imitacja jakiejś substancji, która tę ziemię miała tylko udawać. Była iluzją czegoś, w co ktoś miał uwierzyć, że jest czymś innym niż jest. A było tylko zwykłym śmieciem. Kłamstwem.

Roślinka

Z wielką pieczołowitością przesadziłam Roślinkę do większej doniczki. Z jakiegoś powodu wybrałam białą. Postawiłam w nasłonecznionym miejscu, aby miała dostęp do światła i regularnie podlewałam. Dbałam o nią. A wszystko, co dla niej robiłam, robiłam z miłością. Karmiłam miłością. Była mi bardzo bliska. Lubiłam na nią patrzeć. Obserwowałam, jak zaprzyjaźnia się z sąsiednimi roślinkami, jak rośnie i jak wypuszcza nowe listki i pędy. Z początku tak jakby po cichutku, jakby trochę niepewnie, jakby rozglądając się dookoła. Jednak z każdym dniem coraz odważniej. Z coraz większą ufnością, pewnością i wiarą w siebie. Wyglądała, jakby uczyła się nowego życia, którego wcześniej nie znała. Uczyła się siebie samej. Niczym Mała Syrenka, która zrzuciwszy rybi ogon, uczyła się poruszać w Nowym Świecie. A każdy krok, z początku bolesny, stawał się coraz bardziej lekki. Płynny. Aż stał się pięknym tańcem. A Roślinka zdawała się coraz bardziej delektować swoją wolnością i nową siłą, którą odkrywała w sobie każdego dnia. Była coraz piękniejsza. Coraz bardziej kipiała energią. Cudowną energią życia. Karmiona miłością, odnalazła miłość w sobie i sama stała się miłością.

Minęło kilka dni, może tygodni, może miesięcy. I oto, pewnego razu, znalazłam się w Centrum Handlowym. Znalazłam się na głównym rynku w mieście. Nagle pośród szarego, zamaskowanego tłumu ludzi bez twarzy, zobaczyłam piękną, ubraną na biało dziewczynę. Jej strój był prosty, ale jednocześnie elegancki. Ubranie bez metek. Moją uwagę zwróciły porządne, wygodne, gustowne buty. Takie buty, jakich potrzebuje podróżnik w czaso-przestrzeni, który wybrał się w długą podróż i z ciekawością przemierza nowe lądy.

Przez prawe ramię dziewczyny przewieszony był lekki, niewielki, skórzany plecaczek, kolorem dopasowany do koloru botków. Mieściło się w nim tylko to, co mogło służyć w tej podróży. Żadnych niepotrzebnych rzeczy. Żadnego zbędnego bagażu.

Szła odważnie, bez maski, prawdziwa w swojej prawdzie. Silna swoją wewnętrzną siłą. Na jej twarzy był spokój i radość jednocześnie. W oczach miłość. Uśmiechała się każdego. Wyglądała niczym anioł, który zstąpił z nieba na tę planetę.

Wyróżniała się z tłumu tak bardzo, że przykuwała uwagę wszystkich dookoła. Oczy zza maskowanych twarzy, podążały za nią wzrokiem. Patrzyły z ciekawością, podziwem i swoistą tęsknotą. Jakby zobaczyły coś, co zgubiły gdzieś w sobie i nie mogły odnaleźć klucza do skarbca. A był to klucz do Prawdy o sobie. O tym, kim naprawdę jestem. Klucz, który otwiera więzienie strachu. Bo tam, gdzie jest strach, jest zagubienie i są maski. Tam, gdzie jest strach, nie ma miłości. Jest tylko strach i są maski. Kostiumy. Gra aktorów w ziemskim teatrze życia. Prawda jest wolnością. A Prawda to miłość absolutna. Dziewczyna emanowała magnetyzującą innych energią. Była Prawdą samą w sobie. Czystą Prawdą. Była Miłością.

Mężczyźni podchodzili do niej spontanicznie. Jakby przyciągani niewidzialną siłą, której nie byli w stanie się oprzeć. Siłą energii żeńskiej. Siłą Prawdy. Siłą Miłości, którą ta dziewczyna była. Pytali, czy mogą się przywitać. Prawili komplementy. Dawali prezenty. Pytali, co mogą dla niej zrobić. Byli zahipnotyzowani jej pięknem. Nie mogli oderwać od niej wzroku. A ona po prostu się uśmiechała. A w lewej dłoni trzymała piękny pomarańczowy kwiat, który zdawał się być roślinką nie z tego świata. Roślinką z nieba.

Znałam tę dziewczynę. Opowiedziała mi kiedyś swoją historię. Dużo tam było bólu, odrzucenia, niezrozumienia. Ale była też wielka siła i odwaga w mówieniu swojej prawdy, wybieraniu własnych dróg. Jednak świat Strachu nie lubi Inności. Świat Strachu boi się Inności. Świat Strachu boi się Prawdy. Świat Strachu odrzuca Inność i kamienuje.

I zdarzyło się, że podróżując w świecie ciemności strachu, dziewczyna z gwiazd zgubiła drogę. Trafiła do piekła depresji. Jej piękny, radosny uśmiech przysłonił cień smutku. Buty stały się niewygodne, ubranie szare i porwane, a plecak ciężki od kamieni. I zapomniała Dziewczyna kim jest i po co tu jest. Zapomniała, gdzie jest jej dom. Chociaż gdzieś tam w środku czuła i jakby wiedziała, że jej dom, nie jest z tego świata ciemności. Patrzyła w niebo pełne gwiazd i pytała płacząc:
- Kim jestem? Gdzie jest mój dom? – Patrzyła w gwiazdy i skarżyła się jak dziecko: - Tu jest tak ciemno. Tak zimno. Tak gęsto. Tak trudno oddychać. Tak trudno latać.

Spotkałam ją nad oceanem. Wpatrywała się w milczeniu w tańczące fale i w ich melodyjny szum. Widziałam jej światło, przykryte szarą szatą i widziałam smutek. Była taka krucha i taka silna jednocześnie. Miała w sobie wielką moc boskiego wojownika światła. Ale zapomniała o tym.

Usiadłam obok i przytuliłam. Przylgnęła do mnie niczym wystraszone, złaknione miłości dziecko.

- Nie bój się. – powiedziałam głaszcząc jej piękne włosy – Nie musisz się już niczego bać. Nie jesteś sama. Nigdy nie byłaś. Jestem.

- Zgubiłam się. – wyszeptała przez łzy - Nie wiem, gdzie jest mój dom. Nie wiem kim jestem. Czy możesz mi pomóc? Czy możesz wskazać drogę? Jak wyjść z tego piekła? Jak wyjść z tego więzienia?

- Jest tylko jedna droga. Droga w górę. To droga do wolności.

- Pomożesz mi?

- Tak. Pomogę Ci przypomnieć sobie kim jesteś. Pomogę Ci odnaleźć to, co zgubiłaś.

- Gdzie jest klucz, by otworzyć bramy tego więzienia piekła?

- Ty masz ten klucz. Ten klucz jest w Tobie. A ten klucz to miłość. Pokochaj siebie. Kiedy to zrobisz, przypomnisz sobie kim jesteś. Miłość jest kluczem do bram nieba. Miłość to Wolność. Strach to więzienie.

- Jak to zrobić? Jak pokochać siebie?

- Zadbaj o swoją Roślinkę w sobie. Stań się świadomym ogrodnikiem.

I oto teraz znów zobaczyłam tę piękną dziewczynę. Zobaczyłam anioła, który kiedyś zgubił drogę w ciemnym świecie rządzonym przez strach i zapomniał kim jest. Ale czasem trzeba się zgubić, aby odnaleźć siebie. Paradoksalnie, piekło, może być przebudzeniem świadomości. Zrozumieniem. Śmiercią i zmartwychwstaniem.

Odnalezieniem drogi do domu. Drogi do źródła. Drogi do siebie. I ta piękna dziewczyna, która kiedyś uwierzyła, że jest Kopciuszkiem, właśnie to zrobiła. Odnalazła Miłość w sobie. Nauczyła się kochać siebie. Pielęgnowała tę miłość, aż sama stała się Miłością. I ta miłość, dała jej anielską Moc. Z niepozornej roślinki, dziewczyna stała się pięknym niebiańskim kwiatem.

Następnego dnia, spojrzałam w poranne niebo. Świtało. A pośród szarości ciężkich, smutnych chmur, zobaczyłam piękne pomarańczowe kolory światła. I to światło było tak piękne, że nie mogłam oderwać od niego oczu. Wyglądało niczym zastępy aniołów otaczających tę planetę swoją anielską ochroną. Poczułam nagle wielką, wielką radość. Na mojej twarzy pojawił się spontaniczny uśmiech. Miałam wrażenie, jakby spływała na ziemię nowa, lekka energia. Niczym dziewczyna, zakręciłam się w tańcu wokół siebie. I nagle mój wzrok padł na Roślinkę. I wtedy go zobaczyłam. Piękny pomarańczowy kwiat, który zakwitł dzięki miłości. Tak oto, Roślinka odwdzięczyła się za wysiłek włożony w jej pielęgnację.

– Noc za nami. – Pomyślałam. – Wstaje nowy Dzień. Jaki będzie ten Nowy Dzień, zależy li tylko ode mnie. Bo to Ja ten Dzień kreuję. Niech to zatem będzie Dzień Miłości i Radości.

Styczeń 2022

Żółw

Zobaczyłam Go z daleka. W drodze na parking. Zeszłam z drogi. Usiadłam cichutko na trawie i obserwowałam go jakiś czas. Kiedyś uciekał. Tym razem został. Jakby strach minął.

W pewnym momencie zorientowałam się, że zatrzymałam się w bezruchu niczym On. Zatrzymałam w życiu. Zatrzymałam w drodze na parking. Pomiędzy ławką, drzewami i wodą. Z dala od świata. Była tylko Natura, On i Ja. Czas się zatrzymał i ja się zatrzymałam. Zero myśli, zero niepotrzebnych emocji. Totalna cisza w środku. Spokój. Harmonia. Jedność. I pomyślałam: - Jest dobrze. Tak dobrze. To nasza chwila jest.

A On jakby zdawał się słyszeć moje myśli. W pewnym momencie powolutku, bez pośpiechu, w swoim żółwim tempie wyciągnął szyję jeszcze bardziej, przekręcił głowę w moją stronę i niby nie patrząc, zaczął mnie obserwować. Najpierw tylko jednym okiem. Niby tak od niechcenia. Drugie oko skierowane było na wodę. Spojrzałam i ja.

I zobaczyłam Lustro. A w tym Lustrze emocje. I to Lustro było jakby podzielone na pół. Część lustra, po drugiej stronie jeziora, jakby z dala od nas, była pomarszczona podmuchem wiatru. Zdawała się płynąć. Jakby woda goniła samą siebie. Fala goniła falę. Emocja goniła emocję. Druga część Lustra, ta po naszej stronie, była idealnie gładka. Cisza. Spokój. Balans.

A w tym całym lustrze odbijały się drzewa, niebo, chmury, słońce, ptaki. Cały świat. Jednak obraz po naszej stronie zdawał się być wyraźny i harmonijny w porównaniu z krzywym obrazem odbitym w pomarszczonej emocjami wodzie, gdzieś z dala od nas. Jakby w innym świecie, choć przecież w tym samym.

I nagle jakby obudzona z zamyślenia, usłyszałam, że pomyślałam: - Ta woda jest nierówna. Z jednej strony tafla zdaje się mieć wybrzuszenie. - Uśmiechnęłam się do siebie i jakby odpowiedziałam sama sobie. - Tym właśnie jest Iluzja. Iluzją życia. Skrzywionym lustrem.

Ponownie na Niego spojrzałam. Jakbym chciała mu to powiedzieć. Ale okazało się, że to On patrzył na mnie z figlarnym błyskiem w oku. I jakby mówił: - Ja to już wiem. - Po czym zamrugał oczami i powolutku, bez pośpiechu, w swoim żółwim tempie odwrócił głowę w stronę wody. Znów zastygł bez ruchu, a ja wraz z nim.

I znów patrzyliśmy w tym samym kierunku. W stronę słońca. Obserwowaliśmy to samo. Byliśmy obok siebie, ale jakby połączeni niewidzialną nicią energii światła. Zdawało się, że czas znów się zatrzymał. - Jest dobrze. Tak dobrze. - Zaśpiewał biały ptak. - To nasza chwila jest. - Zaśpiewał drugi ptak. Wiatr poniósł te słowa dalej. - Jest dobrze. Tak dobrze. - Zaszumiała woda. - Dobrze… - Zaszeleściły gałęzie drzew. Dwa białe ptaki wykonały w powietrzu miłosny taniec.

Po jakimś czasie, choć trudno powiedzieć, ile to trwało, On znów przekręcił głowę. Spojrzał na mnie jakby speszony i zawstydzony. Jakby obudzony z głębokiego snu. Nieśmiały w swojej nieśmiałości, ale pewny w swojej pewności tego, co robi. Jakby z przeproszeniem i zaproszeniem jednocześnie. Jakby mówił:

- Przepraszam, że to tak długo trwało. Przepraszam, że tak długo spałem. Przepraszam, że nie słuchałem. Przepraszam, że uciekałem. Nie chcę już więcej patrzeć na Ciebie z daleka. Podaj mi rękę, dziewczyno. Stań obok mnie. Stań przy mnie. Zatańczmy razem. Droga szeroka i piękna przed nami. Jasna. Przejdziemy tę drogę razem trzymając się za ręce. Patrząc w tę samą stronę. Nie straszne nam burze, bo burze zostały gdzieś daleko z tyłu. W innym świecie. Jest tylko Mądrość doświadczenia i Miłość serca. Jesteś. Jestem. Jesteśmy. Jednym. Już wiem. Zrozumiałem.

Dwa białe ptaki zatoczyły kolejny krąg nad naszymi głowami.

- Jest dobrze. Tak dobrze. - Zaśpiewał ptak. - To nasza chwila jest. - Zaśpiewał drugi ptak. Wiatr poniósł te słowa dalej. - Jest dobrze. Tak dobrze. - Zaszumiała woda. - Dobrze… - Zaszeleściły gałęzie drzew.

I znów czas się zatrzymał, ale jakby płynął swoim własnym tempem. Jakby w innym wymiarze. Jakby czas, chciał dać nam czas. Ale już inny czas. Czas bez burz. Czas słońca i radości. Czas miłości.

- To nasza chwila jest. - powiedział On. - Już to wiem. Już rozumiem. I już nigdy nie pozwolę Ci odejść.

Ta chwila jest wiecznością. Ta chwila jest Jednością. Ta chwila jest Harmonią. Ta chwila to nasze życie.

Maj 2022

Kwiat

Kiedy wszystko wokół wygląda tak samo, uwagę przyciąga to, co inne. Inność wabi innością. Swoim pięknem. Kolorem. Odwagą. Wolnością. Intryguje. Ciekawi. Inność uczy. Inność wskazuje drogę. Wywołuje emocje. Inność mówi:

- Zatrzymaj się. Spójrz w moją stronę. Nie warto pędzić za tłumem. Nie warto patrzeć tam, gdzie tłum patrzy. Nie warto krzyczeć, co tłum krzyczy. Nie warto bezmyślnie powtarzać za tłumem.

- Warto być sobą. Warto słuchać serca. Warto patrzeć sercem. Warto ufać sobie. Warto być kolorem. Całą paletą kolorów. Warto być malarzem kolorów swojego własnego życia. Warto wybrać kolor zamiast szarego tłumu i szarego świata strachu. Warto być wolnym. Warto być Innym.

- Bo ten, kto ufa sobie, ten, kto zaprzyjaźnił się sam ze sobą, ten, kto naprawdę jest wolny, nigdy nie jest samotny. Chociaż pozornie, z poziomu szarego tłumu, wygląda inaczej.

- Ten, kto jest naprawdę wolny, pewnie idzie swoją drogą i wie, dokąd idzie. Niestraszny mu chaos, wiatr i burze tego świata. Człowiek naprawdę wolny, idzie z ufnością, pewnością i odwagą. A każdy jego krok znaczony jest miłością. Bo miłość jest wolnością. Miłość to Inność w szarym świecie strachu.

Strach to świat posłusznych, wystraszonych, rozkrzyczanych i walczących między sobą Szaraków. Świat stereotypów. Świat odwróconych wartości i zakłamanych słów. Świat wojny. Świat podziałów. Świat kontroli. Matrix.

Świat strachu nie lubi Inności. Świat strachu boi się Inności. Świat strachu próbuje zdeptać wolne, kolorowe kwiaty, choć patrzy na nie z ciekawością i tęskni za nimi skrycie. W świecie strachu Miłość to Inność.

A Miłość to cisza, która mówi. Miłość to kwiat. Miłość to Natura. Miłość to ziemia. Miłość to woda. Miłość to niebo. Miłość to powietrze. Miłość to Wszechświat. Miłość to drugi człowiek i każda inna istota. Miłość to Ty.

Miłość to świat pięknych, kolorowych i wolnych kwiatów. Ludzie to kwiaty. Tylko niektórzy o tym zapomnieli. I stali się chwastami, które duszą innych za ich kolor, wolność i inność.

Miłość nie dzieli. Miłość nie wyklucza. Miłość nie boi się Inności. Miłość akceptuje i przyjmuje Inność z otwartymi ramionami. Zaprasza i szepcze cichutko do twojego serca:
- Jestem. Czekam na Ciebie. Obudź się. Wstań. Przyjdź. Przypomnij sobie kim jesteś. Przypomnij sobie, że jesteś pięknym kolorowym kwiatem, który tylko zagubił się w szarym tłumie strachu. Jestem w Tobie. Jestem Tobą. Po prostu zapomniałeś mnie podlewać. Zapomniałeś pielęgnować kwiat Miłości w sobie.

Nie wszystko jest takie, jak nam się wydaje

Anioły I Demony

I zdarzyło się kiedyś, że podczas swojej podróży zwanej życiem, zabłądziłam w ciemnym lesie. A ten las był coraz gęstszy i gęstszy. Coraz ciemniejszy i ciemniejszy. Nie widziałam drogi. Nie widziałam światła. Nie widziałam drzwi. Błądziłam w wąskich, ciasnych, zamkniętych korytarzach jakiegoś mrocznego labiryntu czarnych drzew, które przybierały coraz straszniejsze formy. Demony czaiły się wszędzie, gdzie spojrzałam. A te korytarze stały się w którymś momencie jednym ciasnym i ciemnym korytarzem, coraz bardziej stromo schodzącym w dół. Spadałam i zapadałam się w jakiejś otchłani skalnej czeluści. Studni bez wody, w której spadając, kręciłam się w kółko. I było tam coraz zimniej i zimniej. Ciemniej i ciemniej. A ja byłam coraz słabsza i słabsza i coraz bardziej zagubiona. Coraz bardziej smutna.

Nie miałam mapy. Nie miałam latarki. Nie miałam nawet świeczki lub zapałki. Przynajmniej tak wtedy myślałam. Byłam sama i bardzo samotna. A myśli były straszne. Ciemne i coraz ciemniejsze. Mroczne. Podobnie jak ten korytarz, w którym zostałam uwięziona. Myśli były niczym robaki łażące w głowie we wszystkie strony i powodujące chaos myśli. Głowa była ciężka od tych myśli. Piersi ściskała jakaś żelazna obręcz. Zdawało się, że serce przywaliła sterta kamieni. Jakiegoś gruzu. A kolejne worki kamieni dźwigałam na plecach i uginałam się pod nimi. Szłam coraz wolniej i wolniej. Bez sił. Miałam wrażenie, jakby moja dusza rozpadła się na kawałki. Na miliony cząsteczek, które rozproszyły się w całym Wszechświecie. A ja nie umiałam ich znaleźć. Nie umiałam posklejać. Nie umiałam odnaleźć siebie. Aż w końcu zapomniałam kim jestem. Rozpadła się moja dusza a wraz z nią rozpadł się cały mój świat.

Demonów było tak wiele. A im bardziej się na nich skupiałam, im bardziej chciałam od nich uciec, tym bardziej one mnie osaczały. I było ich coraz więcej i więcej. Jakby samoistnie mnożyły się pod wpływem tych robaczywych myśli. Wystarczyło, że pomyślałam o jednym, a on natychmiast ciągnął za sobą całą armię kolejnych demonów. I te demony tańczyły wokół mnie swój demoniczny taniec. A ja? Siedziałam, a raczej leżałam skulona i przerażona. Samotna. Nieszczęśliwa. Bez sił. Udawałam, że żyję, choć byłam martwa za życia.

A te demony były moją przeszłością. Wtedy jeszcze nie wiedziałam, że to ja sama przyciągnęłam je z przeszłości do mojej przyszłości, która była teraźniejszością, choć tak naprawdę wciąż była przeszłością. Oto zamieszkałam wśród demonów. I sama stałam się demonem. Demonem dla samej siebie. Żyłam w przeszłości i byłam przeszłością. Ale wtedy tego nie rozumiałam.

I tak bardzo byłam skupiona na tych demonach, że nie widziałam nawet, iż pośród tych ciemnych demonów, pojawiały się jasne postacie, które wyciągały do mnie rękę. Jakby chciały wskazać drogę. Pomóc. Uciekałam od nich. Bałam się światła. Nienawidziłam swoich demonów, a jednocześnie trzymałam się ich kurczowo i nie chciałam puścić. I zamiast światła, wybierałam mrok. Niemoc działania.

Coraz trudniej było oddychać. Coraz trudniej było żyć. Dusza bolała coraz bardziej. Płakała we mnie, a ja razem z nią. Chciałam nic nie czuć. Chciałam nie myśleć. Chciałam spać. Chciałam zapomnieć. Chciałam umrzeć. I nie wiedziałam, że ja już umarłam. Byłam w piekle i trafiłam na samo dno tegoż piekła. Byłam w piekle własnego umysłu.

Błąkałam się po tym piekle długo, długo i jeszcze dłużej. Przestałam liczyć czas. Bo w piekle nie ma czasu. W piekle czas wydaje się być wiecznością. Jest długi, ciężki i mroczny. W piekle czas jest mrokiem bez końca. Bo w piekle jest tylko piekło. Pustynia bez wody i życia. Bez powietrza. Bez światła. Mnóstwo gruzu, kamieni i śmieci. I mnóstwo ciemnych demonów, które z jakiegoś powodu są bliskie. Niczym przyjaciele. Kochasz je i nienawidzisz jednocześnie. Krzyczysz w rozpaczy: Odejdźcie! Zniknijcie! Zostawcie mnie samą! – A za chwilę biegniesz za nimi i błagasz: Nie odchodźcie. Nie zostawiajcie mnie. Nie chcę być sama. – I trzymasz się ich kurczowo.

Zwiedziłam wszystkie ciemne zakamarki piekła. A ponieważ nie było tam światła, to wszędzie znajdowałam tylko jakiś gruz. Potykałam się o kamienie, upadałam pod tymi kamieniami i kamienie niosłam. A spod tego gruzu kamieni wyciągałam kolejny gruz i kolejny, i kolejny. Ból. Żal. Odrzucenie. Samotność. I tak bardzo w to wszystko uwierzyłam, że w końcu sama poczułam się niczym ten niepotrzebny nikomu gruz. Pracowałam ciężko przerzucając ten gruz, gromadząc śmiecie i grzebiąc w tych śmieciach. A tego śmieciowego gruzu wciąż przybywało i przybywało. Syzyfowa praca. I chociaż odbywała się ona tylko w mojej głowie, to byłam bardzo, bardzo zmęczona. Myśli kreują emocje.

Piekło jest mrokiem. Kosmiczną czarną dziurą, która niczym odkurzasz wciąga wszystkie kosmiczne śmiecie, aby zwalić ci to wszystko na głowę. Piekło jest piekłem. Więzieniem. Śmietnikiem. Stałam się więźniem własnego umysłu, chociaż wtedy o tym nie wiedziałam.

Czasami w nocy patrzyłam w gwiazdy. I tylko w tych gwiazdach znajdowałam chwilowe ukojenie. I tak bardzo, tak bardzo tęskniłam za tymi gwiazdami. Gdzieś wewnętrznie czułam, wiedziałam, że ten świat ziemskiego piekła nie jest moim światem. Wiedziałam, że gdzieś tam jest mój prawdziwy dom. I jest tam ciepło. Jasno. Dobrze. Wygodnie. I jest tam moja gwiezdna rodzina. Moje siostry i moi bracia. Świetliste anioły. Chciałam tam wrócić. Po policzkach spływały łzy, a ja szeptałam: Czemu mnie tu zrzuciliście? Czemu mnie opuściliście? Czemu zostawiliście samą?

I pewnej nocy, kiedy patrzyłam w gwiazdy, kiedy znów czułam ból rozrywanej na strzępy duszy, kiedy znów z oczu płynęły łzy, kiedy znów czułam się taka bardzo, bardzo samotna i przez wszystkich opuszczona, nagle włączyłam inny przycisk w komputerze mojej głowy. Przycisk pod nazwą: *Telefon do przyjaciela.* Przycisk, o którym - zapatrzona w demony mroku, - po prostu zapomniałam. A tym przyjacielem byłam ja sama. I tylko ja sama mogłam sobie pomóc. Przycisk zaś, tak naprawdę nosił nazwę: *Rozwiązywanie problemów.* Najpierw jednak musiałam ten problem zdiagnozować. Pomyślałam: *Tak nie da się żyć. To nie jest życie. To jest piekło. Nie chcę tak żyć. Nie chcę być w piekle. Tu muszą być jakieś drzwi. Musi być jakieś wyjście. Musi być odpowiedź.*

I wtedy zapytałam sama siebie: *Co wybierasz? Niebo czy Piekło? W Niebie byłaś. Drogę znasz. Teraz poznałaś Piekło. Co wybierasz?*

- *Wybieram Niebo.* — Usłyszałam swoje własne, głośno wypowiedziane słowa. Słowa, które wyszły jakby z mojego wewnętrznego Ja. Z mojej duszy. A w tych słowach była wiara i moc wielka. Była pewność tego, co mówię. Czułam to. Byłam tym. Wypowiedziałam słowa, które były niczym zaklęcie. Były intencją. Były wyborem. Były decyzją. Były kolejnym przyciskiem w mojej głowie, którego wcześniej nie widziałam, chociaż mówiłam o nim i myślałam, ale będąc w ciemności, nie słyszałam i nie rozumiałam własnych słów, które sama wypowiadałam. Nie rozumiałam własnych myśli. I nie rozumiałam własnych emocji. Nie słyszałam własnego serca. Swojej duszy. Swojej własnej intuicji. Bo intuicja to szept duszy. Szept świetlistego anioła. Byłam ślepa i byłam głucha. Uciekałam od siebie i goniłam samą siebie. Kręciłam się w kółko błądząc w czeluściach labiryntu piekła.

I w momencie, w którym wypowiedziałam te słowa, zadziała się magia. Poczułam, jakbym otworzyła drzwi jakiegoś niewidzialnego kosmicznego portalu. I chociaż ten portal był niewidzialny, ja go widziałam. Czułam. Czułam całą sobą. Jakby została przywrócona łączność ze Wszechświatem. Z własną duszą. Bo wszak dusza to Wszechświat.

A przez ten portal zaczęły spływać odpowiedzi, których szukałam, nie wiedząc, że ich szukam. – *Jesteś Miłością. Jestem Miłością. Ja Jestem.* – Usłyszałam wewnątrz siebie. Te słowa rozbrzmiały we mnie niczym miliardy gwiezdnych dzwonków. A jednocześnie miałam wrażenie, jakby te słowa śpiewał cały Wszechświat. – *Jestem Miłością. Ja Jestem.* – Powtórzyłam. I poczułam ulgę. Zrobiło się tak lekko. Uśmiechałam się sama do siebie i do całego Wszechświata. – *Jestem Miłością! Tak! Jestem Miłością!* - Tylko po prostu o tym zapomniałam.

Poczułam, ale wszak przecież widziałam, że przez te niewidzialne, chociaż widzialne, kosmiczne drzwi spływa na mnie potężny strumień pięknego, złotego światła, które wchodziło we mnie przez czubek głowy do serca i wypełniało od środka całą mnie. I było tak dobrze. Tak dobrze. Spokój. Radość. Szczęście. I ten ogrom miłości, której nie potrafiłam objąć ani rękami, ani głową. Miłość otuliła mnie swoim płaszczem, ale jednocześnie wpływała we mnie i wypływała ze mnie. Wszystko było Jednym. Byłam Miłością i byłam w

Miłości. I to był moment, w którym obudziłam się z koszmarnego snu. Przypomniałam sobie kim jestem i po co tu jestem. Znów byłam w niebie, bo niebo przyszło do mnie. A może było tu cały czas, tylko ja go nie widziałam. Bo nie chciałam zobaczyć.

Jestem Miłością. Jestem Miłością. Ja Jestem. – Powtarzałam szczęśliwa, a po policzkach spływały łzy. Łzy wzruszenia i szczęścia. Już nie byłam sama. Miałam siebie. I miałam miłość całego Wszechświata. Bo dusza jest Wszechświatem. A tam, gdzie jest miłość, tam jest życie. I poczułam, że tak bardzo, bardzo, tak bardzo chcę żyć. Znów chcę się śmiać radośnie. Chcę żyć! Chcę żyć! Chcę żyć! Chcę znów latać wysoko! Chwilo trwaj!

Znów chciałam czuć. Ale tym razem inaczej. Świadomie. Mądrze. Spojrzałam na drzewa. Znów były zielone. Piękne. Żywe. Ich korony pięły się w górę ku niebu, a uśmiechnięte liście tańczyły na wietrze.
 - *Wszystko jest Jednym* – pomyślałam. – *Ale to Ja wybieram.*

Położyłam się na trawie. A ta trawa znów była zielona. Zielona jak trawa. Dotknęłam jej dłońmi. Poczułam szorstkość i miękkość jednocześnie.
 - *Wszystko jest Jednym* – pomyślałam. – *Ale to Ja wybieram.*

Spojrzałam w niebo. A to niebo było niebieskie jak niebo. I poczułam, że to ja jestem tym niebem. I na tym niebie, gdzieś tam daleko pojawiła się ciężka, czarna chmura. Odpływała w dal. Ale nie skupiałam się już na tej ciemnej chmurze. Patrzyłam na błękit.

- *Wszystko jest Jednym* – pomyślałam. – *Ale to Ja wybieram.*

Zamknęłam oczy. Portal ponownie się otworzył. I oto przed moimi oczami, niczym w kinie, samoistnie zaczął się wyświetlać film. Ale jakbym oglądała go jednocześnie z różnych stron. Wielowymiarowo. Wieloczasowo i wieloprzestrzennie. Oto byłam obserwatorem, widzem na widowni w kinie, a jednocześnie aktorem, który jest w środku tego filmu. Byłam też reżyserem.

Stałam na wzgórzu. Przede mną gdzieś w dole, rozciągało się wielkie po horyzont, pole. Niczym pole bitwy. Czułam się jak generał przed bitwą. Czułam siłę generała. Spokój i koncentrację. Czułam, że losy tej bitwy na tym polu zależą li tylko ode mnie. I oto zobaczyłam, że w moją stronę, w zwartym szyku, biegnie armia żołnierzy z piekła. Małe, wykrzywione karykatury samych siebie. Widziałam ich rogi, ogonki, kopytka. Biegli w moją stronę zostawiając za sobą tuman kurzu. Rozśmieszył mnie ten widok. Skojarzyło mi się to z animacją komputerową. Z jakąś grą. I wtedy w głowie pojawiła się myśl:

- *A może to ja jestem postacią ze swojej własnej gry komputerowej. Jestem postacią i graczem jednocześnie? To ja tworzę tę postać i gram tą postacią. To ja tworzę światy, w których ta postać się porusza.*

Patrzyłam na zbliżającego się do mnie napastnika i ogarniał mnie coraz większy śmiech.

– *Naprawdę sądzicie, że ze mną wygracie?* – pomyślałam.

Ale chyba tak właśnie sądzili, bo zbliżali się coraz szybciej. A we mnie był spokój. I takie ogromne poczucie bezpieczeństwa i siły. Wiedziałam, że cokolwiek się wydarzy lub nie wydarzy, oni nic mi nie zrobią. Bo nie mają nade mną władzy. Bo ja wybrałam niebo. A ten, kto wybrał niebo, zawsze ma opiekę nieba.

I oto, z jakiegoś powodu pomyślałam: - *Michał.* - I zanim skończyłam myśleć zobaczyłam jak z nieba schodzi Michał, a w ręku trzyma skierowany do góry miecz. Jakby usłyszał moją wiadomość. A za nim zstępowała cała armia aniołów światła. Patrzyłam na niego uradowana, jakbym spotkała brata. A on tak samo patrzył na mnie. Patrzyliśmy sobie w oczy jakbyśmy znali się od zawsze. Przyjaciele i rodzeństwo jednocześnie. Nagle on odwrócił na chwilę głowę. Spojrzał na kłębiące się na polu demony i skierował w ich stronę swój świetlisty miecz. I w tym samym momencie, cała armia ciemności zrobiła w tył zwrot i zaczęła uciekać jeszcze szybciej, niż tu przybyła, zostawiając za sobą tylko tumany kurzu, który opadał na pole. Na ziemię. A Gaja przytulała ten kurz i zmieniała w żyzną glebę.

Michał znów spojrzał na mnie z uśmiechem i miłością.

– *Jesteś moim bratem.* – Powiedziałam, pewna tego, co mówię.

– *Tak.* – W jego głosie był spokój i jakby radość z tego, że go poznałam.

– *Czy pożyczysz mi czasem swojego miecza?* – Zapytałam.

– *Jest Twój.* – Odpowiedział wyciągając w moim kierunku rękę, w której trzymał świetlisty miecz. – *Używaj go mądrze.*

I wtedy zrozumiałam, jak wielką potęgą jest myśl. Bo myśl kreuje. Myśl tworzy. Wystarczy zmienić myśl, a zmienia się cała rzeczywistość wokół mnie. Zmienia się mój świat i ja się zmieniam. Bo zmiana myśli zmienia postrzeganie. Zmienia się grana przeze mnie postać. A moim celem jako gracza grającego w tę grę tą konkretną postacią i tę konkretną postać, którą wszak jestem ja sama, jest osiągnięcie jak najwyższego poziomu w tej grze. A każdy kolejny wyższy poziom aktywuje nowe umiejętności. Myśl jest niczym klawiatura w komputerze głowy, ale to ja decyduję, który klawisz nacisnąć. Zrozumiałam to, co wiedziałam wcześniej, ale jakby nie rozumiałam. Zrozumiałam, że to ja kreuję. To ja trzymam w ręku joystick. Mam moc kreowania. To ja kreuję swoją ciemność i swoje światło. Swoje anioły i demony. A to wszystko jest Jednym, ale wybieram Ja. Zrozumiałam, że to o czym myślę, to o czym mówię, to na czym się skupiam, - przyciągam i doświadczam. Bo wszystko jest energią. Podobne przyciąga podobne.

I zrozumiałam, że całe moje życie toczy się tak naprawdę w mojej głowie. A to, co widzę jest iluzją gry komputerowej. Zrozumiałam, że wszystko, czego doświadczyłam i czego doświadczam, jest iluzją. Hologramem. Jest energetycznym odzwierciedlenie moich wierzeń i przekonań. Zrozumiałam, że ta postać w grze na polu bitwy walczy tak naprawdę sama ze sobą. I ta walka toczy się w niej samej. We mnie. To ja jestem swoim najlepszym przyjacielem i najgorszym wrogiem jednocześnie. Ja jestem aniołem i demonem. I to Ja wybieram.

Zrozumiałam też, że te drzwi portalu łączącego mnie ze Wszechświatem zawsze były tam, gdzie były. Tylko to ja nie chciałam ich zobaczyć. Bo tak naprawdę, nie chciałam ich otworzyć. Zamknęłam się na szept swojej własnej duszy. Skupiałam się na ciemności i tylko ciemność widziałam. I nie chciałam zobaczyć czegoś innego. Stałam się więźniem swojej własnej ciemności. Swoich ciemnych myśli. Swojej przeszłości, której tak kurczowo się trzymałam. Zapomniałam o swoim świetlistym mieczu Siły, który zawsze miałam. Oddałam swój miecz i sama siebie złożyłam na ofiarnym stole. Stałam się więźniem swojego własnego umysłu. Obwiniałam o tę ciemność innych, ale to Ja sobie to zrobiłam. Ja sama. Bo przestałam ufać sobie. Przestałam wierzyć sobie. Swojemu sercu. Swojej intuicji. Swojej duszy. Przestałam kochać siebie. Przestałam ufać Miłości. Miłości płynącej ze Źródła Miłości. Miłości, która kocha bezwarunkowo. Miłości, która jest wolnością. Miłości, która jest Światłem. Miłości, która jest moją Siłą. Moim mieczem Michała, ale wszak moim.

To ja skreowałam sobie te wszystkie ciemne demony. Wpuściłam je do swojego domu i karmiłam swoimi ciemnymi, robaczywymi myślami. A karmiąc demony, głodziłam siebie. Oddawałam demonom swoją moc. Odbierałam miłość samej sobie i na miłość się zamykałam. Skupiałam się na demonach. A to, na czym się skupiasz, rośnie. Sama siebie wepchnęłam do piekła. Stałam się więźniem piekła. I będąc w więzieniu ciemności, zapomniałam kim jestem. Zapomniałam skąd przyszłam i dokąd idę. Zapomniałam, że jestem Światłem. Zapomniałam o swoim mieczu, o swojej sile. Zapomniałam, że jedyną drogą wyjścia z piekła, jest droga w górę. I właśnie sobie o tym przypomniałam.

Moment, w którym wybrałam Niebo, był moment przebudzenia z głębokiego, koszmarnego snu. Momentem, w którym odnalazłam schody do Nieba. Moja decyzja o wyprowadzce z Piekła i zamieszkaniu w Niebie stała się początkiem nowego etapu mojej podróży zwanej życiem. Początkiem nowej drogi, która zaczynała się na samym dnie piekła. Początkiem ciężkiej pracy nad sobą. I ten początek był trudny. Bo wciąż byłam w piekle pełnym kamieni i gruzu, o który się potykałam. I wciąż były tam demony. A te demony nie zniknęły od razu. Były i nie odpuszczały tak łatwo. Ale teraz patrzyłam na nie inaczej i widziałam je inaczej. I miałam wrażenie, jakby one o coś prosiły. A im bardziej prosiły, tym bardziej się mnie czepiały. A ja, po milion razy dziennie powtarzałam sama do siebie usłyszane kiedyś zdanie:

- Kiedy idziesz przez piekło, nie zatrzymuj się. Idź. Kiedyś się skończy.

I byłam zdeterminowana, aby przejść przez to piekło jak najszybciej. Nie chciałam tam być ani nanosekundy dłużej, niż to było konieczne.

Ale teraz, kiedy się przebudziłam i odzyskałam swój miecz, okazało się, że w tym piekle wcale nie jest tak ciemno. Jakby ktoś zapalił w nim światło. Potężne światło. I zrozumiałam, że tym światłem jestem Ja. I w tym świetle zobaczyłam, że piekło ma kolory i wcale nie jest takie straszne. Ba! Kiedy tylko oświetlałam ciemne zakamarki, to okazywało się, że kryło się tam mnóstwo pięknych rzeczy, których wcześniej po prostu nie widziałam. Zrozumiałam, że wyprowadzając ciemność na światło, odkrywam to, co do tej pory było zakryte. Poznaję Wszechświat. Poznaję tajemnicę, której częścią jestem Ja.

Odnalazłam też mapę. Odnalazłam swój wewnętrzny GPS, którym jest moje serce. Moja intuicja. Mój wewnętrzny głos, którego zdarzało mi się wcześniej nie słuchać. Anioł, który wskazuje drogę i szepcze cichutko:

- Twoim jedynym zadaniem w tym życiu jest bycie szczęśliwym.
Ale kiedy zdarzy Ci się wyłączyć nawigację, to łatwo zgubić się w ciemnym lesie. Głowa krzyczy głośno, jakby chciała zakrzyczeć wszystko i zakrzyczeć samą siebie. Ale z jakiegoś powodu, to właśnie serce zawsze wie, co jest dla ciebie najlepsze.

Kiedy przypomniałam sobie kim jestem i wiedziałam, dokąd zmierzam, idąc przez to piekło nie byłam już skulona. Szłam z podniesioną głową. Jeszcze boso, ale w ostrogach. Buty założyłam później. Ale to ja wybierałam te buty i świadomie wybierał drogę, po której wędrowałam. Szłam odważnie i uważnie. Szłam z ciekawością dziecka, które poznaje świat. I ucząc się chodzić od nowa w tym nowym świecie, który otwierał przede swoje kolejne pokoje, z których każdy następny pokój był piękniejszy od poprzedniego, zdarzało mi się zatrzymać, zdarzało się potknąć o stary gruz i zdarzało upaść. Zdarzało się, że ciemność ściskała za gardło a demony ciągnęły w tył. Ale już wiedziałam, jak to działa, choć wciąż uczyłam się sama siebie. I coraz bardziej rozumiałam czym jest wolna wola.

Uczyłam się wybaczać i wybaczałam. A każde wybaczenie, było niczym zrzucenie kilkutonowego balastu. Było kolejnym stopniem w górę, w mojej podróży do nieba. Wybaczając i puszczając przeszłość, sama siebie uwalniałam od bólu. I każde wybaczenie zamieniało anioła ciemności w pięknego anioła światła, który uśmiechał się do mnie z radością, miłością i z wdzięcznością. Bo o to właśnie prosiły mnie anioły ciemności. Prosiły o wybaczenie. Wybaczając, uwalniałam je z kostiumu ciemnej szaty, która zmieniała się w białą. Anioły mogły wrócić do nieba. Wykonały zadanie, o które sama wszak je poprosiłam. Uwalniając swoje demony, uwalniałam siebie. Wybaczenie jest kluczem uwalniającym z piekła.

Podczas tej podróży przez piekło, zrozumiałam, jaką moc ma wdzięczność. Zrozumiałam, że wdzięczność to klucz do obfitości. Moja przepustka do Raju. Zrozumiałam, że ból jest wtedy, kiedy są oczekiwania. Zamieniłam oczekiwania na wdzięczność. I dzięki wdzięczności, uwalniam to, czego już nie potrzebuję i robię miejsce na nowe, które przychodzi i manifestuje się w Obfitości. I z wdzięcznością to Nowe przyjmuję. Wdzięczność to klucz do bram raju.

I pewnego razu, patrząc w gwieździste niebo, zasłuchałam się w muzykę gwiazd. I nagle usłyszałam jak zdziwionym głosem mówię sama do siebie:

- Jaka lekka jest moja głowa.
I wtedy uświadomiłam sobie, że myśli ważą. I to dużo. Zrozumiałam, że im lżejsze myśli, tym lżejsza i przyjemniejsza jest podróż.

Z wdzięcznością spojrzałam w gwiazdy. A te gwiazdy mrugały do mnie, mówiły do mnie, śpiewały dla mnie i tańczyły dla mnie swój gwiezdny taniec. I poczułam harmonię. Balans. Jedność. Poczułam, że moje ciało, moja dusza i moja głowa są jednym. Święta Trójca. I poczułam, że płynę i tańczę w rytm tej gwiezdnej muzyki. Wiruję w najpiękniejszej tonacji. Wibracji energii Miłości. A te gwiazdy były ze mną i we mnie, i wokół mnie. Były wszędzie. A ja byłam jedną z nich. Byłam gwiezdną kroplą w ocenie energii Wszechświata i byłam całym oceanem. Byłam wszystkim i niczym jednocześnie.

Jestem gwiezdną kroplą w ocenie energii Wszechświata i jestem całym oceanem. Jestem wszystkim i niczym jednocześnie.

Teraz, kiedy siedzę nad brzegiem oceanu i patrzę w horyzont, jest tylko ta chwila Teraz. Nie ma wczoraj nie ma jutra. Jest tylko Teraz. Przeszłość została w przeszłości. Przyszłość jest tajemnicą. A moje życie toczy się Teraz. W tym momencie, Teraz. Patrzę na drzewo i jestem tym drzewem. Patrzę na ptaka i jestem tym ptakiem. Patrzę na wodę i jestem tą wodą. Dotykam ziemi i jestem tą ziemią. Spotykam drugiego człowieka i jestem tym człowiekiem. Bo ten drugi człowiek jest tylko inną wersją mnie. I czasem, ten człowiek jest zagubiony w swojej podróży, tak jak ja byłam. I wtedy opowiadam mu moją historię.

... I zdarzyło się kiedyś, że podczas swojej podróży zwanej życiem, zabłądziłam w ciemnym lesie. Zgubiłam się i trafiłam do piekła. Zapadłam się w ciemność, w której spotkałam wiele demonów. A w tym

piekle było zimno. Bo nie było tam miłości. Nie było światła. Umarłam. I kiedy umarłam, wybrałam życie. Wybrałam wolność. Wybrałam siebie. Wybrałam miłość. A kiedy to zrobiłam, zmartwychwstałam. Odnalazłam schody do nieba. Odnalazłam siebie. Zrozumiałam, że demony były demonami, bo tak jak ja zgubiły się w ciemności. I tak jak ja pragnęły światła. Pragnęły ciepła. Pragnęły miłości.

Anioły i Demony. Iluzja sama w sobie. Niby dwa a jedno. Dzięki demonom odnalazłam siebie, poznałam siebie i wróciłam do siebie. Dzięki demonom przypomniałam sobie kim jestem. Przypomniałam sobie o swoich skrzydłach, które schowałam do plecaka. A kiedy je rozłożyłam, okazało się, że są piękne, wielkie i silne. Piękniejsze, większe i silniejsze, niż mogłam to sobie wyobrazić. I dzięki tym skrzydłom, mogłam polecieć do gwiazd. Do nieba. A to niebo, jakby zeszło do mnie. Tu, na ziemię. Dzięki demonom, zrozumiałam czym jest miłość absolutna. Demony okazały się być moimi najlepszymi nauczycielami. Bo czasem coś musi zaboleć, abyśmy to coś zauważyli. I kiedy z wdzięcznością przytuliłam je do siebie, to czarne anioły zamieniły się w anioły światła. Dzięki demonom poznałam anioły i zamieszkałam w niebie pośród aniołów. Dzięki demonom, sama stałam się aniołem. Niebo i piekło to stan umysłu. Postrzeganie tworzy naszą rzeczywistość.

Podróż przez piekło okazała się być najciekawszą podróżą w moim życiu. Najtrudniejszą, ale też najbardziej wzniosłą i pouczającą. Wszak uczymy się doświadczając. Teraz mówię o błogosławieństwie depresji, chociaż nie wszyscy to rozumieją. Ale ci, którzy przeszli podobną drogę i zrozumieli swoje lekcje, patrzą na to podobnie i mówią podobnie.

Uśmiechają się i świecą niczym najpiękniejsze gwiazdy. Roztaczają wokół siebie ten cudny blask energii miłości, która magnetyzuje swoim pięknem. Nie gonią za miłością. Nie uciekają przed miłością. Oni są miłością. Bo miłość jest drogą, prawdą i życiem. Ludzie nazywają ich aniołami.

Upadałam pod ciężkim krzyżem wiele razy. I choć na pozór byłam sama, to nigdy nie byłam sama. Po prostu nie zawsze chciałam zobaczyć wyciągniętą w moim kierunku pomocną dłoń. Czasem to było słowo, czasem uśmiech, czasem gest, a czasem po prostu czyjaś wiara we mnie. Obecność bez słów. Ale właśnie to milczenie dawało ukojenie.

Anioły uśmiechały się do mnie i szeptały cichutko:
- *Wybierz miłość. Zaufaj sobie. Zaufaj swojemu sercu. Twoim jedynym zadaniem w tym życiu jest bycie szczęśliwym.*
Anioły wskazywały drogę, ale szanowały moje wybory. Moją wolną wolę. Demony zaś robiły demoniczne rzeczy. Ale w pewien sposób też przecież szanowały moje wybory. Wszak sama tę ciemność i robaczywe myśli wybrałam. One tylko dawały mi to, co wybrałam. I też wskazywały mi drogę. Bo te demony jakby mówiły:
- *Co jeszcze musimy zrobić, abyś wreszcie przypomniała sobie kim jesteś. Ile jeszcze piekła musimy zrzucić ci na głowę, abyś z piekła wyszła. Abyś zaufała sobie. Abyś pokochała siebie. Abyś wyciągnęła swój miecz Siły. Abyś wybrała miłość. Bo tylko miłością możesz odczarować siebie i odczarować nas. Tylko miłość wyprowadzi cię z piekła.*

Dzięki tej podróży przez piekło wróciłam do gwiazd. Kiedyś zgubiłam się w ciemnym lesie. Ale czasem trzeba się zgubić, aby odnaleźć siebie. Dzięki demonom zrozumiałam, że nie wszystko jest takie, jak nam się wydaje.

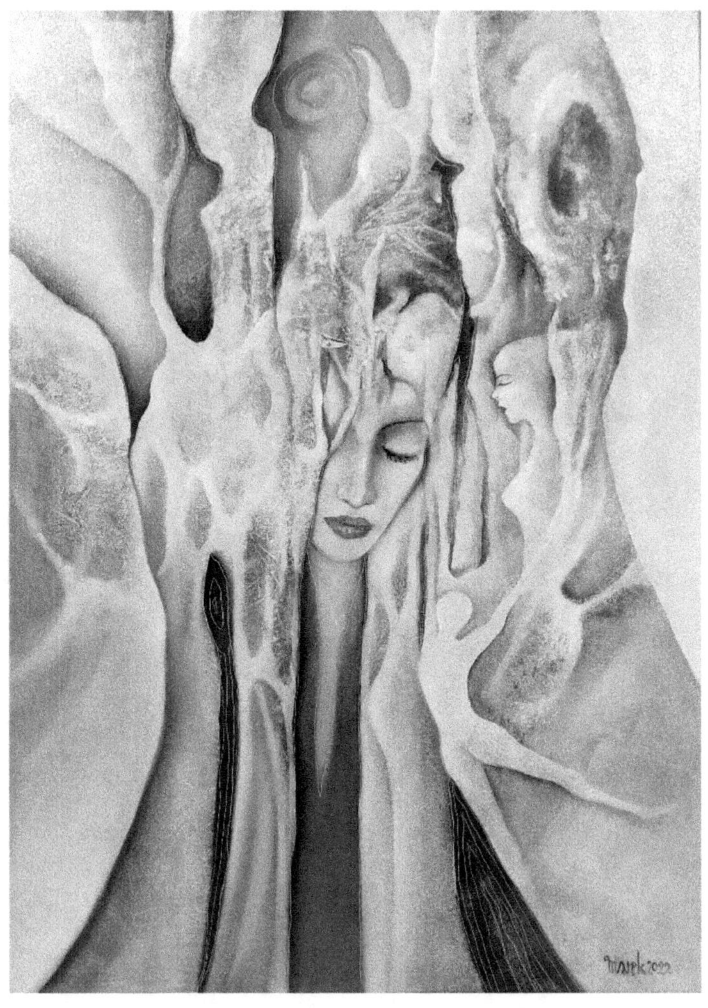

marek-art.de

Podziękowanie

Chciałbym szczególnie podziękować **Markowi Szczęsnemu** za piękny obraz, specjalnie namalowany na okładkę tejże książki, jak również za udostępnienie innych swoich obrazów, które uatrakcyjniają oprawę graficzną tej publikacji.
https://www.facebook.com/mars0510

Dziękuję również **Kay Umland** za jej zaangażowanie w piękny projekt okładki.
https://www.deviantart.com/theartofkay

Dziękuję Wam, Przyjaciele.

I dziękuję **Tobie Drogi Czytelniku**. Dziękuję za zaufanie przy zakupie tej książki i dziękuję za jej przeczytanie. Dziękuję za przyjęcie zaproszenia do mojego świata, który wszak jest także Twoim światem. I wspólnie ten świat tworzymy. Wierzę, że te historie pokazały wielu, że nie ma potrzeby spieszyć się z oceną. Zwykle NIE WSZYSTKO JEST TAKIE, JAK NAM SIĘ WYDAJE.
Katarzyna Nowocin-Kowalczyk, autorka

www.ingramcontent.com/pod-product-compliance
Lightning Source LLC
Chambersburg PA
CBHW060453300726
48975CB00008B/2493